Impressum
ISBN-13: 9783837045567
Copyright: Birgid Mallot, 2008
Herstellung und Verlag:
Books on Demand GmbH, Nordersteht

Bellefontaine

Birgid Mallot

Das hier geschilderte Bellefontaine existierte so weder 1944/45 noch heute. Céline, Mathieu und die Alice von 1944 gibt es nur in meiner Phantasie.

Katharina, Philipp, Alice und Roger gibt es wirklich. Selbstverständlich heißen sie nicht so.

Dann war es nur noch dunkel. Und still. Und kühl. Das Kind kauerte sich in die Nische in der Brunnenwand. Seine Füße stießen gegen die abgestellten Milchkannen und es zog sich weiter in sich zurück. Irgendwo schlug ein Wassertropfen auf. Das Kind lauschte und wartete und begann zu zählen. Zählte, so weit es zählen konnte. Und fing wieder von vorne an.

Viel später kam die Helligkeit. Und die Stimmen. Und das Seil. Das Kind tat, wie ihm die Stimmen rieten, griff nach dem Seil, setzte den Fuß in den Eisenhaken und schwebte nach oben. Das Sonnenlicht ließ es die Augen schließen. Als es die Augen wieder öffnete, war nichts mehr so, wie es vorher gewesen war.

Die Soldaten waren in der brütenden Mittagshitze gekommen, zwei Kübelwagen, zwei schwere Lastwagen. Die Stimme der Großmutter hatte das Kind auf den Dachboden befohlen, in ein Versteck. Und Jules, der doch sein Begleiter und Beschützer sein sollte, Jules war davongerannt, aus der Küchentür, und hatte sich im Fliegenhäuschen am Ende des Gartens versteckt.

Das Kind kannte die Verstecke in dem alten Haus nur zu gut und so schlich es zurück in die Schlafstube und beobachtete. Beobachtete die Menschen, die aus den Häusern getrieben wurden, hörte Krachen, hörte, wie die Stimmen sich änderten. Erst als die Stiefel in Mémés Haus hineinpolterten, kletterte es auf den uralten Kleiderschrank und lag, unsichtbar, hinter dem hohen Kranz in die Staubflocken gedrückt. Die Stiefel verschwanden, unten schlug die Stalltür heftig zu und ein Schrei stieg auf.

Dann krachte etwas in das Haus, das Haus hustete kurz und lag wieder still. Als der Rauch dick unter der Tür durchkroch, verstand das Kind.

Es rannte zum Fenster, schlug mit den Handflächen gegen den verzogenen Rahmen, rief, schrie. Die Menschen schauten hoch, einer der Soldaten zeigte. Ein anderer rief etwas. Der eine ließ sein Gewehr fallen und lief los, der andere brüllte hinter ihm her.

Hinter dem Kind barst die Tür auf und der Soldat stürzte hustend in das Zimmer. Kind und Soldat starrten einander an. Das Kind sah, dass der Soldat gar kein Mann war, nur ein Junge, der genauso viel Angst hatte wie es selbst. Der Mannjunge nahm das Kind hoch an seine Schulter und sprang gegen das Fenster. Das Fensterkreuz brach splitternd, das aufröhrende Feuer drückte beide gegen die Öffnung. Hastig riss der Mannjunge die Fensterflügel ganz auf und kletterte auf den Sims, das Kind an sich gedrückt. Ein Moment des Zögerns; sein Blick erfasste den vor Wut schäumenden Offizier, die hilflosen Kameraden. Dann warf er das Kind, zögernd fast, sanft, über die Köpfe seines Offiziers und seiner Kameraden hinweg in die herandrängenden Menschen.

Das Kind, aufgefangen und weitergereicht, ritt über den Köpfen hinweg bis zum Brunnen. Ein Seil wurde ihm in die Hand gedrückt, der Schachtdeckel fiel zurück auf seinen Platz. Dann war es nur noch dunkel. Und still. Und kühl.

Jetzt ist alles anders. Die Soldaten sind weg, die Häuser niedergebrannt.

Die Großmutter redet und redet und zerrt an dem Kind.

Menschen suchen in schwelenden Mauerresten. Eine Frau beugt sich weinend über eine liegende Gestalt. In der Mitte des Platzes steht steifbeinig ein Kalb und blökt seine Angst in den Himmel.

Das Kind sehnt sich zurück in den Brunnenschacht.

Frankreich, August 1944

Mein Gott, er war doch noch ein Kind!
Zuerst habe ich gedacht, es wäre einer der
Unseren, wie er so dahinten im Heu
kauerte. Ganz verdreckt, voller Blut. Und

an Jean-Luc musste ich denken, meinen Jungen.
Jean-Luc, der war doch genauso alt wie der. Dann sah ich, dass er
die Hände vor der Brust erhoben hatte, eine Geste, halb Bitte,
halb Abwehr. „Madame", sagte er, ganz deutlich, „Madame, s'il
vous plaît!" Und es klang fremd, wie auswendig gelernt. Da habe
ich verstanden. Und in der Scheune gab's noch nicht mal eine
Heugabel, die Tiere waren doch oben auf den Weiden. Da bin ich
rausgerannt, habe mir den nächstbesten Stock gegriffen. Er, er lag
immer noch in der Ecke. Jetzt hatte er diesen Blick. So wie manchmal
die Kälber einen ansehen, die Angst, das Verstehen und dann das
nicht Verstehen-Wollen. „Madame", hat er gesagt, „Madame,
aidez-moi!" Und da habe ich wieder an Jean-Luc denken müssen.
Der konnte doch gar kein Deutsch! Der hatte das doch nie gelernt,
der konnte doch kein Deutsch, der hatte doch nie Deutsch gelernt!
Und dann konnte ich nur noch weinen. Als mein Weinen aufhören
konnte, habe ich auf dem Boden gesessen, im muffigen Heu, und
hatte seinen Kopf in meinem Schoß. Er hatte die Hände in meinen
Rock gekrallt und das Gesicht im Stoff. Wie ein Dreijähriger, wie
Jean-Luc früher.
Da habe ich mit Gott einen Handel abgeschlossen. Du kümmerst
dich um Jean-Luc und ich werde einer unbekannten Mutter dieses
Kind retten. So lange wie ich diesen hier am Leben erhalte, erhältst
du mir Jean-Luc. Wenn diesem hier nichts geschieht, so geschieht
auch Jean-Luc nichts Schlimmes, nichts Schlimmeres als das, was
er jetzt ohnehin durchstehen muss. Hörst du, Gott, du erhältst mir
Jean- Luc und ich erhalte dir ihn hier.
Denn was auch immer er hier sonst noch sein mag, er ist der
Geringste unter deinen Brüdern. Und was ihr dem Geringsten
meiner Brüder tut, das habt ihr mir getan.
So hat das alles angefangen, damals.

Katharina, Deutschland, 2000

Mein Gott, waren wir naiv! Wir suchten doch nur ein Haus, mehr nicht. Ein Haus für unser Sabbatjahr. Weit weg von sozialen Verpflichtungen und gesellschaftlichen Beziehungen; ein Haus für ein Jahr ohne Kollegen, ohne Vorlesungen, ohne Druck, ohne von außen an uns herangetragene Erwartungen. Natürlich hatten wir all diese ach so lustigen Aussteiger-Bücher gelesen. Wir kannten die Handwerkerfallen in Südfrankreich. Dachten wir. Wir würden uns nicht übers Ohr hauen lassen.Dachten wir. Dafür hatten wir uns viel zu gut vorbereitet. Dachten wir.

Als die Idee mit dem Sabbatjahr konkret wurde, haben wir mit einer Frankreichkarte geplant. Der Süden wurde gestrichen, Hitze macht uns erst aggressiv, dann träge. Und wir wollten arbeiten, jeder an seinem Projekt. Philipp wollte die Veröffentlichungen der letzten Jahre zu einem Buch überarbeiten. Ich wollte meine Unterlagen zu den Klostergärten katalogisieren, vielleicht ein paar Kapitel entwerfen.

Wir brauchten ein Minimum an Infrastruktur, Zugang über virtuelle und reale Straßen zu Universitätsbibliotheken. Irgendetwas hatte man immer vergessen nachzulesen. Das Massif Central fiel dadurch aus. Elsass, Lothringen, der Norden waren uns zu nah an Deutschland. So engten wir langsam unser Zielgebiet auf die Franche-Comte und den Jura ein.

Wir opferten einen ganzen Urlaub und zogen drei Wochen lang mit den „Pages Jaunes", dem Branchentelefonbuch, von Makler zu Makler, natürlich erfolglos. Wir waren zu anspruchsvoll. Wir suchten ein altes Bauernhaus, einsam, aber nicht völlig isoliert. Es sollte bewohnbar sein und den minimalen Komfortansprüchen genügen, aber noch den Charme des Authentischen haben.

8

Wir lasen die Immobilienangebote wie eine teure Weinkarte oder den Prospekt eines anspruchsvollen Hotels, mit Vorfreude und kennerischem Augenzwinkern. Nach zwei Wochen hatten wir es fertig: unser eigenes Immobilien-Wörterbuch Französisch –Deutsch.

„Gros oeuvre en bon état" (gesunde Grundstruktur) bedeutete, dass sie einem vier Mauern und ein Dach garantierten, aber mehr auch nicht, also in etwa ein Rohbau. Wir hatten auch einen „corps de ferme" (Scheunenkorpus) besichtigt, der ohne Dach und mit nur drei Mauern der Witterung trotzte. Das nannte sich dann „beaucoup de possibilités" (viele Gestaltungsmöglichkeiten). Vielleicht hätten wir unsere Grundanforderungen präziser formulieren sollen...

„Maison de charactère" bedeutete: so hässlich, dass es schon wieder beeindruckend war. Schön war auch „dans l'état", natürlich ohne zu erwähnen, welchen Jahrganges dieser Originalzustand war. Das steckte immer voller Überraschungen. Es konnte bedeuten, dass „l'oncle Jules" 1920 ein einzelnes Kabel gezogen hatte, an dem in der Küche eine einsame, Fliegendreck verkrustete Glühbirne hing. Es konnte heißen, dass es im ganzen Haus keine sanitären Anlagen gab und man auf die Frage danach in den Stall geführt wurde. Ein Haus hatte tatsächlich im zweiten Stock ein Plumpsklo. Ich habe mich geweigert, diesen Gedanken zu vertiefen. Es bedeutete fast immer, dass es nur in der Küche einen Wasserhahn gab und selbstverständlich keine Heizung. Wir sahen wunderschöne offene Feuerstellen; wir sahen Wände, an denen austretender Teer vom Kamin im Nachbarzimmer in quittengelben Tropfen herablief; wir besichtigten Häuser, die wie ein Räucherofen rochen.

Nach einer Woche vergaben wir Punkte für die größtmögliche Diskrepanz zwischen Beschreibung und Wirklichkeit. Sieger nach Punkten war eine „Fermette", ein Tagelöhnerhaus im südlichen Charollais, beschrieben als „sofort bewohnbar, drei

Zimmer ebenerdig, offene Feuerstelle, Gewölbekeller". Und dann stand da noch: „prévoir des travaux de rafraichissement", also in etwa: kleine Schönheitsreparaturen sind vorzusehen. Als wir auf dem Hof vorfuhren, die Beschreibung des Maklers in der Hand, kratzte der Bauer sich hinter dem Ohr: „Ach ja, da habe ich seit letztem Winter die Schafe drin. Aber wenn der Geruch Sie nicht stört..."

Drei Wochen lang versuchten wir das Beste aus der Situation zu machen. Und wenn auch gegen Ende des Urlaubs unser Humor immer sarkastischer wurde, blieben wir offen für alle Vorschläge.

Die Idee kam dann natürlich von Philipp. Nach dem x-ten Makler, die tatsächlich stereotyp devot-anbiedernd (die Jüngeren) oder aufdringlich-schleimig (die Älteren) waren, meinte er am letzten Tag: „Wir fahren jetzt einfach durch die Dörfer, bestellen in jeder Kneipe einen petit rouge und fragen den Wirt, ob er nicht jemand kennt, der uns ein altes Haus für ein Jahr vermietet." Für einen wirklichkeitsfremden Professor hat er oft erstaunlich lebensnahe Ideen.

Es klappte bei der fünften Kneipe. Der Mann am Nachbartisch war Notar und beugte sich zu uns herüber. Er hatte das Gefühl, uns etwas anbieten zu können, aber erst nach Rücksprache, also frühestens nächste Woche. Wir tauschten Adressen und dann fuhren wir nach Hause, mit einem ganz guten Gefühl.

So hat das alles angefangen, damals.

Der Alte, der Menschenfresser, der Oger, das Vieh, schläft. Sein Körper gehorcht ihm nicht mehr. Jeden Morgen muss ich ihn waschen, diesen altersfleckigen, stinkenden Körper. Und jeden Morgen glitzern seine Augen, wenn er meinen Ekel sieht. Wenn meine Hände seine Haut berühren, würgt es mich im Hals. Wenn sein Körper reagiert auf meine Berührung, möchte ich schreien und weglaufen. Nichts kann er mehr, füttern und waschen muss ich ihn, aber das bekommt er immer noch hin, das Schwein! Und sein Ziegenmeckern, seine boshafte Freude über seine Männlichkeit begleiten mich den ganzen Tag. Er ist böse, bis ins Mark hinein böse. Und Gilles, das Monstrum, seinen Sohn, hat er in den Krieg geschickt, den Helden spielen. Und als dieser „drôle de guerre", dieser seltsame Krieg, der fast keiner war, nach wenigen Wochen zu Ende war, hat Gilles einen anderen Grund gesucht, sich vor seinem Vater zu verstecken. Widerstandskämpfer wollte er sein. Ein Held, aus Angst vor seinem Vater. Und dann sind die Deutschen gekommen und haben mir Jean-Luc weggenommen, meinen Jean-Luc.

Ich hatte dem da Wasser in die Scheune gestellt und ein Stück Brot. Mehr geht nicht, wegen der Hunde und auch wegen der Ratten. Wenn ich ihn nicht wasche und verbinde, gehen die Ratten auch an ihn.

Er ist so schön und er sieht so grauenvoll aus! Sein Gesicht ist verquollen und blau, sein Körper entstellt von Flecken. Unter den Schlägen ist die Haut aufgeplatzt. Das getrocknete Blut ist schwarz. So schlimm war es bei mir nie. Er hat aufgehört zu schluchzen und liegt ganz still. Ab und zu zittert er beim Atmen. Das Wasser in der Schüssel reicht nicht aus. Die Lappen habe ich unterm Mist vergraben.

Die Sachen des Monstrums sind ihm zu groß, die von Jean-Luc mag ich nicht hergeben. Ich suche in den alten Arbeitshosen und Hemden des Menschenfressers. Sehe ihn, wie er die stinkenden Sachen morgens anzieht und abends aus, tagein, tagaus. Wie oft

Céline

11

habe ich sie seither gewaschen um den Alt-Männer-Gestank, den Ziegenbock-Geruch loszuwerden, er bleibt in den Stoffen drin. Umso besser jetzt! Die Hunde werden ihn in Ruhe lassen. Ich ziehe ihn langsam an. Das verkrustete, verklebte Blut bricht wieder auf. Ich rede mit ihm wie mit einem verschrecktem Tier. Ich decke ihn mit den Pferdedecken zu. Pferde haben wir schon lange nicht mehr. Die Reste der Uniform und seiner Sachen habe ich versteckt. Ich will nicht, dass sie sie finden. Die einen. Oder die anderen.

In der Nacht bin ich hoch in die Chaumière. Der Hof ist zu nah beim Ort, die Deutschen kommen nicht oft, aber es gibt Streifen. Die Sennhäuser liegen oberhalb der Baumgrenze, man kann sehen, wer kommt. Sie verstecken sich dort, die Jungen, die vor dem Arbeitsdienst fliehen und die Soldaten der Armée secrète, die Widerstand leisten gegen die Deutschen

Ich muss wissen, was passiert ist. Irgendetwas muss geschehen sein. Irgendwoher muss er gekommen sein, um Jean-Luc zu schützen.

Die Hütte war leer, aber es gab Spuren. Ich versteckte die Vorräte, die ich dabei hatte.

Es ist spät, ich muss zurück, über ihn wachen.

Katharina

„Siehst du, es gibt so etwas wie Vorhersehung!" Philipp glaubt nicht an die Vorhersehung. Er glaubt an Wahrscheinlichkeiten. Für ihn ist es ganz einfach. Das ideale Bauernhaus gibt es genau ein einziges Mal. Nicht-ideale Bauernhäuser dagegen gibt es unzählige. Insofern ist es sehr viel wahrscheinlicher, dass man aus dem Topf der Möglichkeiten die Nieten zieht. Dieser Ansatz lässt ihn ruhig und sachlich auf nicht-ideale Bauernhäuser reagieren, während ich angefangen

hatte mit der Vorhersehung zu hadern. Nun sah es so aus als ob beide, Wahrscheinlichkeit und Vorhersehung, auf unserer Seite waren.

Der Notar verfügte über eine erstklassige Büroausstattung und wollte das auch zeigen. Digitale Fotos, in Farbe ausgedruckt, lagen über unseren Esstisch verstreut. Sie zeigten ein großes Bauernhaus mit einem kleineren Nebengebäude, das ganze hingeschmiegt in eine Senke. Im Hintergrund konnte man Wald erkennen. Der Weiler heißt „Bellefontaine", der Name klingt schön.

Nahaufnahmen vom Inneren zeigten eine Küche mit Deckenbalken, offenem Kamin; eine abgetretene Treppe führt in den ersten Stock zu altmodisch möblierten Schlafzimmern mit verblassten Tapeten.

Ich konnte die Mischung aus Lavendel, Möbelpolitur und Mottenkugel förmlich riechen. Daneben lag, als wohltuende Abwechslung zu dem Immobilien-Französisch, eine sachliche Bestandsaufnahme. In unsentimentalen Worten wurde die Inventur eines Lebens vor uns ausgebreitet: Anzahl und Bestimmung der Räume - es gab ein Badezimmer, wenn auch mit Holzboiler - , Zahl und Qualität der Möbel, der vorhandenen Einrichtung, Geschirr, Wäsche, bis hin zum Bügelbrett war alles aufgelistet. Es erinnerte an die Inventarlisten in Ferienhäusern. Der Notar schrieb dazu, dass eine alte Dame hochbetagt gestorben sei und ihre nicht minder betagte Cousine als einzige Erbin nicht so recht wisse, was mit dem Hof anzufangen sei. Hier habe er ihr die Vermietung des Hauses „dans l'état" vorgeschlagen. Wir, als künftige Mieter, müssten uns allerdings verpflichten, keine Veränderungen an Haus und Einrichtung vorzunehmen und die detaillierte Inventarliste gegenzeichnen. Wir würden sicher verstehen, dass neben der Miete eine gewisse Kaution hinterlegt werden müsse. Die Summe war weit unter unseren Erwartungen, die Honorarforderung des „Maître" nicht.

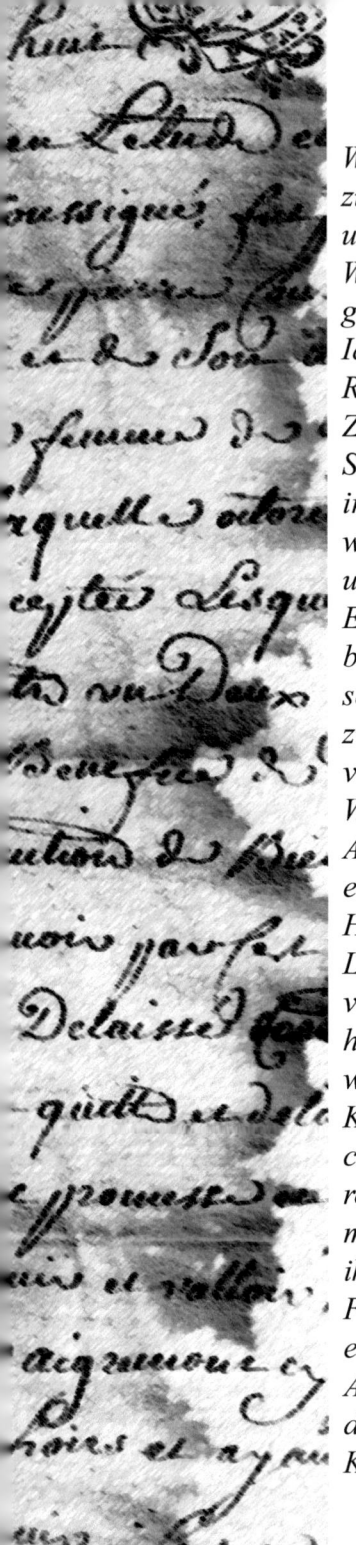

Wir faxten am selben Tag den Vorvertrag zurück und organisierten eine kleine Feier für unsere Freunde.

Wir schwelgten in Klischees, wir überboten uns gegenseitig beim Ausmalen unserer ländlichen Idylle. Frisches Baguette, Rohmilchkäse und Rotwein, obligatorisch. Feiner Pinselstrich: der Ziegenfrischkäse vom benachbarten Bauern. Seine Frau würde mir Eier verkaufen und mich in ihre Lieblingsrezepte einweihen. Abends würde Philipp manchmal in der Kneipe sitzen und mit den Bauern über die Agrarpreise und EU-Subventionen diskutieren. Nach dem berühmten letzten Glas würde er anfangen, seinen neuen Nachbarn die Relativitätstheorie zu erklären. Sie würden ihn dann für etwas verrückt halten, aber nett. Harmlos.

Was für ein furchtbarer Kitsch!

Am nächsten Tag kam ein Fax. Der Notar hatte erfahren, dass im Nebengebäude ein älterer Herr wohne. Der habe Nutzungsrecht auf Lebenszeit. Ob uns das stören würde? Ob wir vom Vertrag Abstand nehmen wollten? Er habe sich erkundigt: der alte Herr, ein Verwandter der Vorbesitzerin, gelte als seltsamer Kauz, er habe seit Jahrzehnten kaum gesprochen, sei aber nicht weiter auffällig. Er sei noch recht rüstig und selbstverständlich würden wir mit dem Mietvertrag keinerlei Verpflichtungen ihm gegenüber eingehen. Wir erzählten unseren Freunden, dass wir mit dem Hof auch noch ein Original „mitmieten" würden.

Am Wochenende machten wir einen Termin mit dem Notar aus, Ortsbesichtigung, Vertrag, Kaution, der ganze Papierkram.

Die Kanzlei liegt in einer kleinen Stadt im Jura und ich bin enttäuscht, als wir ankommen. Französische Kleinstädte sollten im Zentrum einen von Platanen umstandenen Platz haben. Auf Bänken sitzen da alte verhutzelte Männlein mit Baskenkappe und schauen ihren Altersgenossen beim Boule-Spielen zu. Am einen Ende des Platzes ist die Kirche, am anderen ein kleines Restaurant, das bei schönem Wetter die Tische und Stühle auf den Platz stellt.

Nun, hier gibt es zwei große Straßen mit Einbahnverkehr, die eine ovale Insel mit Jahrhundertwende-Bauten umschließen. Wir haben Muße die Straßenführung zu studieren, da wir auf der Suche nach einem Parkplatz dreimal durch die Stadt fahren. Der Notar hat den Vertrag vorbereitet. Er zeigt uns den Besitztitel. Wie in Frankreich üblich, sind die Vorbesitzer eingetragen, bis Anfang 1800 zurückreichend. Das Nebengebäude ist sogar noch älter und wurde offensichtlich vom Schwiegervater der Vorbesitzerin in den 20er Jahren gekauft, wohl als Altenteil. Wir mieten eine ganze Menge Land mit, Wiesen, Wald, ein paar Kartoffelacker. Wir können dieses Land bearbeiten, es brachliegen lassen oder es verpachten. Alle Einkünfte aus diesen Aktivitäten gehören uns. Was uns nicht gehört, ist das Wasser der Quelle, die auf „unserem" Boden entspringt. In knappen Worten wird geregelt, wie viel Wasser wir höchstens entnehmen dürfen und welche Verpflichtungen wir talabwärts gelegenen Höfen gegenüber haben.

Wir feilschen um das Recht, geringfügige Änderungen im Haus vornehmen zu dürfen und einigen uns auf den Vertragstext. Der Vertrag wird entsprechend geändert, gedruckt, kopiert, gelesen, eingesteckt. Nach der Besichtigung des Hauses soll er unterzeichnet und damit wirksam werden.

Das seltsame Gefühl, von sich selbst als „im Nachfolgenden 'der Mieter'" zu lesen, weicht einer gewissen euphorischen Vorfreude.

15

Céline

Er spricht nicht, nicht mit mir jedenfalls. Er sitzt nur in der Ecke, die Arme um die Knie geschlungen, wiegt sich hin und her. Wenn er mich ansieht, sagt er: „Pardonnez-moi, pardonnez moi!" Und dann dreht er sich weg und fängt wieder an hin- und herzuschaukeln. In demselben langsamen Französisch, das er benutzt, habe ich ihn gefragt: „Wer bist du? Wie heißt du?" Er fängt an zu zittern und zu schaukeln und sagt nichts. Vielleicht ist er verrückt, krank in seinem Kopf. So habe ich dann einen Menschenfresser auf dem Hof, ein Monstrum und einen Verrückten. Ein Wunder, dass ich nicht auch verrückt geworden bin! Aber ich hatte ja Jean-Luc, für den ich stark sein musste.

Die Hunde sind unruhig, der Menschenfresser auch. Es sind seine Hunde und er bemerkt jede Veränderung. Ich habe Angst, dass sie den anderen finden, ihm etwas tun, wenn ich nicht da bin. Der Alte ist krank, das Monstrum tot vom Krieg, Jean-Luc von den Deutschen verschleppt, ich weiß nicht wohin. Aber das Vieh muss trotzdem versorgt werden, die Kühe, die Hühner, auch seine vermaledeiten Hunde. Und ich muss hoch auf die Bergwiesen, nach den Tieren schauen und die Hütte kontrollieren, ob sie Nachrichten hinterlassen haben, Vorräte auffüllen, Verbandsmaterial verstecken. Es ist mühsam, aber besser so. Niemand will die Kämpfer im eigenen Haus oder in der Scheune haben.

Die Hunde haben sich nicht täuschen lassen. Sie wittern ihn unter der Kleidung des Alten und wissen nicht, was sie machen sollen. Ich muss ihn verstecken, bald, sobald ich ihn bewegen kann. Er will nicht laufen. Ich ziehe ihn hoch, er fällt, ich stelle ihn hin, er stürzt in sich zusammen. Ich muss ihn füttern, mit dem Löffel, wie ein Baby, wie den Menschenfresser. Ich bringe ihm einen Eimer, ziehe die Hose herunter, helfe ihm auf den Eimer. Er kümmert sich um nichts, sagt nur „Pardonnez-moi! Pardonnez-moi!", und verkriecht sich hinter seinen verschränkten Armen. Irgendwo hinter dieser Körperhülle muss doch ein Mensch sein, ein Wesen mit

Verstand und Willen. Jemand, der die Kraft und den Willen hatte, sich hier zu verstecken.

Er schreit im Schlaf. Und nicht nur das, er schreit in Deutsch. Ich denke, es ist Deutsch. Er schreit, er stöhnt, er spricht mit jemanden, den nur er sieht. Ich laufe hinüber und wecke ihn. Er kommt von ganz weit weg, die Hand schützend über das Gesicht erhoben. Er zittert, aber er spricht nicht, nicht mit mir. Ich rede mit ihm, beschwöre ihn. Als ich mit dem Knebel komme, ist er unterwürfig, lässt es zu.

Der Menschenfresser wittert etwas. Es ist wie beim Oger im Märchen. Fast erwarte ich, dass er die Lefzen hochzieht und schnarrt: „Ich rieche, rieche, rieche Menschenfleisch!" Er fragt mich nach dem Lärm in der Nacht. Ich sage, ein Tier. Welches? Ich weiß es nicht.

Der Pfarrer ist gekommen und hat lange mit dem Menschenfresser geredet. Vielleicht haben sie über seine Sünden gesprochen, genug zu beichten hätte er. Ich will nicht, dass er beichtet, dass er Absolution erhält. Ich will, dass er in der Hölle brennt, bis in alle Ewigkeit. Und ich will, dass er jeden Tag an das denkt, was er mir angetan hat, mir und Jean-Luc, vielleicht auch dem Monstrum. Und dann soll er bereuen. Bereuen, jeden Tag aufs Neue.

Bis in alle Ewigkeit.

Amen.

Katharina

Der Notar fährt voran, wir folgen ihm. Aus der Kleinstadt hinaus begleitet uns ein Patchwork-Teppich in asphaltgrau. Die Flicken in der Straßendecke lassen auf ungemütliche Winter schließen. Die Straßen werden schmaler, an den Rändern vom Unkraut angefressen, uneben. In einer Kurve steht ein Schild „Trous en formation". „Formation" bedeutet

Bildung, Ausbildung, Fortbildung, Lehre. Wir überlegen, was aus diesen Löchern wohl werden wird, wenn sie ihre Ausbildung erst einmal abgeschlossen haben: große Löcher, kleine Löcher, Diplomlöcher, schwarze Löcher. Die Diskussion dieser Frage bringt uns in Serpentinen in ein enges Tal hinein und auf der anderen Seite wieder hoch. Auf der Höhe fahren wir in einen bedrückend schwarzen Nadelwald hinein. Die enge Straße ist zum Teil so tief eingeschnitten, dass die Baumwurzeln in Augenhöhe aus der Böschung ragen. Ich ertappe mich dabei, wie ich im Rückspiegel kontrolliere, dass der Wald sich nicht hinter uns schließt.

Plötzlich lässt er uns los: ein weites Hochtal liegt vor uns, der Grund eben, an den Seiten sanft ansteigende Wiesen mit Felsbrocken durchstreut, hier und da ein Bauernhaus in unterschiedlichen Stadien des Verfalls. Der Wald zieht sich auf die höheren, steileren Lagen zurück. Als dunkler Streifen schließt er an den Berghängen rechts und links das Tal ab. Über dem Wald kann man einen Streifen nackter Felsen sehen. Die Straße teilt dieses Tal in zwei fast gleiche Hälften. Biegt sie hier rechts um einen kleinen Hügel, so gleicht sie das kurz darauf mit einer sanften Linkskurve aus. Vor uns, auf einem Bergvorsprung wie eine Sonnenterrasse, liegt ein kleines Dorf: die Kirche, die „Mairie" - das Bürgermeisteramt - mit Fahne und dem Denkmal für die Opfer der Weltkriege, zwei Brunnen, eine Handvoll Häuser, die meisten mit verschlossenen Fensterläden.

Der Notar fährt langsam durch den Ort, biegt in einen unbefestigten Weg ein und folgt ihm fast achthundert Meter hangaufwärts. In eine Mulde geschmiegt liegen im respektvollen Abstand zueinander mehrere große Bauernhöfe. Der Notar fährt bis zum allerletzten Haus und stellt den Motor aus. Wir sind da.

Es ist ein Déjà-Vu. Ich weiß genau, wenn ich die Türe öffne, steht dort der Tisch, da hinten die Uhr. Ich stehe vor diesem

Haus und kenne es schon ewig. Der hohe Bogen des Scheunentors, in der rechten Hälfte dominierend, trägt im Schlussstein die Zahl 1881 und das Monogramm C + L. Die Tür zum Stall wirkt niedrig daneben, das winzige Fenster zu ihrer Linken blind von Spinnweben. Eine wackelige Treppe, mehr eine Hühnerstiege, führt zu einer Holzliege über der Stalltür. Dürres Astholz ist dort bis unters Dach gestapelt, der Wintervorrat an Zündholz. Ob ich es je wagen werde, durch den Spinnwebpelz hindurch nach dem Holz zu greifen? Bis unter die Fenster ist aus Holzscheiten eine zweite Mauer vor der Fassade hochgebaut, Brenn- und Dämm-material in einem. Die Eingangstür, massiv, mit dunklen Beschlägen, lässt das Fenster daneben, vier unebene kleine Glasscheiben in bröcke-ligem Kitt, noch kleiner wirken. Die gedrungene Form, das Dach, tief nach unten gezogen, gestützt auf zwei Mauern, die rechts und links aus der Fassade hervorspringen, um vor den heulenden Winden zu schützen, zeugen vom Willen der Menschen, sich vor dem Winter nicht geschlagen zu geben.

Einige Meter von diesem Haus entfernt, im rechten Winkel dazu, steht das Nebengebäude. Es gibt kein rundes Scheunentor. Ein massiver Balken, ein kaum behauener Baumstamm, überspannt die Flügeltüren. Die Fenster, die Türen, alles scheint wie eine verkleinerte, ältere Ausgabe des Haupthauses. Im Winkel zwischen den Häusern, im Hang, steht ein Brunnen. Eine riesige Linde breitet ihre Äste darüber aus. Aus dem geschmiedeten Mundstück an der Säule

läuft das Wasser in zwei langgestreckte Steinbecken, der „Schöne Brunnen", Bellefontaine.
Unter dem Wasserhahn sind zwei Metallschienen über die Breite des Brunnens gelegt, wohl um den Eimer abzustellen. Der Notar hat meinen Blick gesehen und lächelt. „Keine Angst, es gibt einen Wasseranschluss im Haus." Im Wegdrehen bemerke ich, dass jemand auf den unteren Teil des Brunnens mit weißer Farbe „Kein Trinkwasser" gemalt hat.

Meine Déjà-Vu-Traumblase zerplatzt in dem Moment, als der Notar die Tür aufstößt. Der Geruch ist unbeschreiblich. Meine Erwartungen von Lavendel, Möbelwachs und Naphthalin sind diesem Konglomerat von Feuchte, Moder und Milchprodukten hoffnungslos unterlegen. Der Notar entschuldigt sich und bittet uns einen Moment zu warten. Bald darauf werden Fenster aufgestoßen und der Geruch wälzt sich über den Hof. „Darf ich Ihnen zuerst das Grundstück zeigen?" Ein geschickter Schachzug, diese Frage. Viel geschickter als er es selber wohl je ahnen wird. Während mich der Gedanke schüttelt, auf stockfleckigen Matratzen unter feucht-modrigen Decken zu liegen, überlege ich, wie wir am besten hier wieder herauskommen.
Philipps Stimme kommt von oben, von der Wiese oberhalb des Brunnens: „Schau mal, geflecktes Knabenkraut! Und da hinten habe ich ein weißes Waldvögelein gesehen und eine Ragwurz."
Ich habe verloren.

Céline

Er kann nicht in der Scheune bleiben. Er muss woanders hin. Er bringt uns alle in Gefahr. Wenn die Deutschen einen Deserteur finden, brennen sie alles ab.

Ich kann nicht mit ihnen reden. Sie würden das nicht verstehen mit Jean-Luc. Mit den unseren könnte ich reden, aber die würden es auch nicht verstehen, vielleicht. Er muss rüber, ins Altenteil, ins Aushaus. Er muss mir helfen, aber er sitzt nur da und schaukelt.

Mein Vater hatte alles verloren. Sein Geld war weg, der Hof verpfändet. Die Mutter lief nur noch heulend herum, der Vater trank oder saß stumpf in der Küche. Manchmal sprang er auf und schrie: „Eher bringe ich uns alle um. Eher erschieße ich uns alle!" Wir Kinder versteckten uns und hofften, er würde uns am „eher" nicht finden.

Dann kam der Vater vom Markt zurück. Er nahm mich beiseite und sagte: „Für dich ist gesorgt! Ich habe dir einen Mann beschafft! Du wirst Bäuerin werden in Bellefontaine." Der Name klang so schön. „Aber ich kenne den Mann doch gar nicht, wie soll ich ihn da lieb haben und heiraten." Und er hat wieder losgeschrien: "Willst du uns alle ins Unglück stürzen. Soll ich uns alle erschießen?" Da habe ich zugestimmt. Nachts habe ich ihn mir vorgestellt, ihn und unser Leben in Bellefontaine.

Zwei Tage später stand ein alter Mann vor der Tür. „Der Sohn ist krank. Ist sie das?" Der Vater nickte. „Pack deine Sachen, dem Pferd wird kalt." Er gab dem Vater einen Briefumschlag, die Mutter fing an zu weinen. Ich habe meine Geschwister noch einmal gedrückt, ganz fest. Meine Mutter konnte mich nicht anschauen und hat nur geweint. Bevor ich auch weinen musste, bin ich mit dem Mann gegangen. Er war alt und hässlich, seine Kleider aus dunklem Stoff und abgetragen. Und er stank.

Wir sind stundenlang gefahren. Er hat kein Wort gesprochen und ich habe mich nicht getraut etwas zu sagen. Aber als wir in den schwarzen Wald gekommen sind, hatte ich Angst. Ich habe an meine Geschwister gedacht, wie wir laut gesungen hätten, um uns gegenseitig Mut zu machen. Und ich musste weinen. Da hat er mich zum ersten Mal geschlagen. Er hat das Pferd angehalten, die Zügel langsam um den Holm geschlungen und sich zu mir umgedreht.

Und dann hat er mir zweimal ins Gesicht geschlagen, ganz langsam, ganz gleichgültig, mit der flachen Hand. „Du kannst nicht mehr nach Hause!", hat er gesagt und gegrinst. „Du gehörst jetzt mir. Ich habe dich gekauft. Und wenn du jetzt nach Hause gehst, muss dein Vater mir das Geld wieder zurückgeben. Und das kann er nicht. Und dann muss er euch alle erschießen, deine Mutter, deine Schwestern und deine Brüder. Verstehst du jetzt, weshalb du nicht nach Hause kannst."

So kam ich nach Bellefontaine. Ich war gerade 17 geworden.

Katharina

Der Notar lässt die Zeit und den Durchzug für sich arbeiten. Nach einer Viertelstunde, die wir in der Sonne hinter dem Hof auf der Wiese verbringen, fühlen wir uns bereit.

Die Tür öffnet sich auf einen schmalen dunklen Flur, gepflastert mit großen unebenen Steinplatten. Rechts führt eine Treppe an der Wand hoch in den ersten Stock, links geht eine Tür zur Küche ab, der Rest liegt im Dunkeln. Ich trete in die Küche und bin wider Willen beeindruckt. Die alte Dame hatte bis zum letzten Tag ihrer 92 Jahre hier allein gelebt. Das einzige Zugeständnis schien das Bett in der hinteren Ecke zu sein, wahrscheinlich konnte oder wollte sie die ausgetretenen Treppenstufen zu ihrem Schlafzimmer nicht mehr meistern. Der Tür gegenüber liegt ein riesiger offener Kamin. Ich stehe fasziniert vor diesem – von mir schon so getauften – Schlosskamin. Ein Teil der ebenerdigen Feuerstelle wird von einem Kohleherd eingenommen, ein ausgesprochen beeindruckendes Exemplar. Der Rest zeigt Spuren des offenen Feuers. Ein Schwenkarm auf halber Höhe gibt Hinweis auf die Größe der Töpfe, die hier wohl früher benutzt wurden. Die Romantikerin in mir sieht die Glut, hört und riecht das leichte Blubbern aromatischer Eintöpfe, sieht den großen Tisch mit einfachem Geschirr und Holzlöffeln gedeckt, die ganze, natürlich große, Familie erwartungsvoll versammelt. Die Realistin in mir macht sich den Spaß, dazwischen zu funken: aufstehen um 5 Uhr in Dunkelheit und Kälte, Wasser holen, Feuer anfachen, 10 bis 12 Stunden knochenbrechende Feldarbeit...

Unter dem Fenster liegt ein Spülstein, aus einem einzigen Kalkstein gehauen, der Ausfluss geht durch die Mauer nach draußen. Der hintere Teil der Küche liegt im Dunkeln. Ich sehe dieses große Möbelstück, halb Tisch, halb Truhe, in dem der Brotteig angesetzt wurde, und zwei Türen. Ein Ofenrohr kommt aus der Wand, die Öffnung mit einem Lappen verstopft. Im Halbdunkel sieht man in der Ecke die Abdrücke, die ein großer Ofen hinterlassen haben muss.

In der Zwischenzeit öffnet der Notar Schränke, zieht Schubladen auf, zählt und inventarisiert. Zahlen sind Philipps Gebiet, die Zwei kommen gut zurecht.

Ich stehe vor der Schlafzimmertür und komme mir völlig fehl am Platze vor. Selbst nach ihrem Tod sollten wir nicht das Recht haben, hier so einzubrechen. In Gedanken bitte ich sie um Verzeihung dafür und öffne die Tür. Nichts, gar nichts. Kein Gefühl des Déjà-Vu, der Verbundenheit. Diese Kammer hat die Ausstrahlung einer Gefängniszelle, kalt, unpersönlich, karg. Ein Doppelbett, abgezogen, die Matratzen fleckig, eine dünne Decke am Fußende, ich erschaudere. Dieses Zimmer ist beängstigend. In einen einfachen Weichholzschrank liegen zusammengefaltete Laken, säuberlich gestapelt, leicht muffig und stockfleckig. Keine Kleidungsstücke, nichts.

Philipp und der Notar sind hochgekommen. „Du hast das Bad verpasst, hinter der Küche, eine Wand ist direkt in den Fels gehauen. Der Maître meint, es wäre wohl früher eine Vorratskammer gewesen. Ob ich das jemals warm genug bekomme für dich?" Ich sage nichts, sie spüren nichts von der seltsamen Stimmung, gehen hinüber in das zweite Zimmer. Die Aus-

stattung ist ähnlich karg, aber das Bedrückende fehlt. Im Klei-
derschrank hängen Kleider, ein Wintermantel. Ich ertrage es
nicht, wie der Maître jedes Teil hochhebt und durchzählt. Hätte
die Cousine ihr dies nicht ersparen können? Ich weiß noch
nicht einmal, wie die alte Frau hieß, und frage den Notar.
„Céline Dupenloup. Sie kam aus dem Süden und hat hierhin
geheiratet. Eigentlich ist es eine Cousine ihres Mannes, die
erbt. Sie hatte keine Familie mehr. Ihr Mann und ihr Sohn sind
im Krieg gefallen." – „Und dieser Mann nebenan?" – „Der
hat bis jetzt keine Ansprüche geltend gemacht. Das Wohnrecht
scheint ihm zu genügen."
Wir steigen die Speichertreppe hinauf, der Maitre hebt die
Falltür hoch. Er schaut sich um, räuspert sich, blättert in seinen
Papieren, räuspert sich wieder und gibt dann auf. „Offen-
sichtlich hat mein Büro den Speicher nicht erfasst." Er ist
wirklich erschüttert. Ich werfe an ihm vorbei einen Blick auf
diesen Speicher. Er ist voller Gerümpel.
Der Notar kapituliert mit Würde: „Monsieur, Madame, ich habe
Sie als ehrliche Leute kennen gelernt. Versprechen Sie mir, sur
l'honneur, nichts aus diesem Speicher zu entwenden und zu
veräußern?" Wir versprechen es.
Der Vertrag wird unterschrieben und ausgetauscht. Vom
Herumstöbern hatte er schließlich nichts gesagt.

Der Umzug ist eigentlich kein richtiger Umzug. Alles was wir
mitnehmen sind zwei zusammengerollte Matratzen und Kartons
mit Bettwäsche, da habe ich mich durchgesetzt, und unsere
persönlichen Koffer. Der größte Teil des Wagens ist ausgefüllt
mit dem Archiv.
Wir kommen am frühen Morgen an. Die Fahrt im Morgen-
grauen hatte etwas Konspiratives, Verschwörerisches. Unsere
Kinder sind erwachsen. Sie erwarten unser Interesse an ihrer
Lebensgestaltung, würden aber jeden Versuch der Einfluss-
nahme höflich und bestimmt ablehnen. Unseren Plan dagegen

24

versuchen sie uns seit Monaten auszureden. Nicht das Sabbatjahr - „Das habt ihr euch wirklich verdient!" - nur unsere Aussteiger-Phantasien. Ein Jahr ohne Fernsehen, ohne Spülmaschine, ohne Oper, Kino oder Theater am Ziel einer kurzen Fahrt halten sie für völlig verrückt. Ein Jahr ohne Zentralheizung, sanitären Komfort und medizinische Grundversorgung in direkter Nähe halten sie „in eurem Alter" für sträflichen Leichtsinn. Wir haben ihnen versprochen über Telefon und E-mail erreichbar zu bleiben. Und sind zwei Tage früher losgefahren. Schließlich ziehen wir nicht in ein Entwicklungsland, die „Grande Nation" fände die Sorgen unserer Kinder sicher „dégoutant".

Wir schleppen den Inhalt der Schränke nach draußen in die Sonne. Dann richten wir uns ein. Das Schlafzimmer im ersten Stock macht mich immer noch unruhig. Wir schlagen das Bett ab. Lagern Gestell, Matratzen und Decken im trocknen Heu der Scheune. Bringen unsere Matratzen hoch, beziehen die Betten, räumen den Schrank ein. Und dann schlägt Philipp eine sehr effektive Art vor Geister zu vertreiben.

Den Nachmittag verbringen wir mit Ein-, Um- und Aufräumen. Auch diesem Anfang wohnt ein Zauber inne, wenn auch einer mit angestaubten Ecken und hochgerollten, vergilbten Kanten. Immer wieder habe ich das Gefühl indiskret zu sein. Schnurreste, zusammengeknotet, liegen in einer Schachtel auf einem Regal. Eine andere Blechdose enthält ein Sammelsurium von Knöpfen. Holzlöffel, ganz flach geschabt vom langen Gebrauch, Küchenmesser, so oft geschärft, dass die Klinge halbmondförmig ausgehöhlt ist. Küchentücher, aus Bettlaken geschnitten und von Hand gesäumt. Handtücher, durchscheinend dünn, grau und steif. Auf der Toilette zurechtgeschnittene Stücke Zeitungspapier.

Céline

Gilles war ein Monstrum, ein Idiot. Er war groß und stark und dumm. Sein Blick ging zwischen seinem Vater und mir hin und her, wie bei einem Kettenhund, der zu oft geschlagen worden war. Er machte mir Angst. Der Alte zeigte mir eine Kammer und sagte mir, was ich ab jetzt zu tun hätte. Vor der Arbeit hatte ich keine Angst, das konnte ich. Eine Woche später waren wir verheiratet. Und Didier, der Alte, sagte zu Gilles: „Sie ist jetzt deine Frau. Du kannst mit ihr machen, was du willst. Und sie muss tun, was du ihr sagst. Wenn sie dir nicht gehorcht, schlag sie, dann lernt sie's."

Das hat er dann auch getan, das Schlagen. Das konnte er, das war das Einzige, was er wirklich gut konnte. Und die Leute haben weggeguckt. Keiner hat gefragt. Hélène vom Nachbarhof hat mir Arnika-Pomade zugesteckt, heimlich, in der Kirche, alle anderen haben so getan, als sei nichts. Ich habe ganze Nächte gebetet, ich habe den Pfarrer angefleht. „Meine Tochter", hat er gesagt, „wenn dein Mann es für nötig hält, dich zu strafen, dann wirst du wohl gegen ihn gefehlt haben. Ein Mann hat Wünsche, und eine Frau muss sie erfüllen!" Aber genau das konnte er nicht. Jede Nacht versuchte er mein Mann zu sein. Und er konnte es nicht und dann schlug er mich wieder, weil auch das meine Schuld war. Ich habe es ihm erzählt, dem ehrwürdigen Vater. „Ehrwürdiger Vater, wir sind noch gar nicht Mann und Frau! " Ich dachte, er würde mir helfen.

Stattdessen sagte er es dem Alten.

Der Alte kam hoch in unsere Kammer, rot vor Zorn. Er schlug mich immer wieder ins Gesicht, sprach von Zaubersprüchen und Flüchen, beschimpfte mich, nannte mich Hexe und Zauberin und schlug und schlug. Und dann schrie er, bei ihm würden meine Zaubersprüche nicht wirken und warf mich übers Bett.

Er kam immer wieder. Er fraß mein Innerstes; was in mir gut und

26

schön war, zerstörte er. Er war wie der Oger, der böse Menschen-fresser im Märchen. Nein, er war schlimmer, er fraß nicht den Menschen, er fraß die Seele und ließ den Menschen als leere Hülle zurück.

Als ich wusste, dass ich schwanger war, habe ich alles versucht. Ich wollte kein Kind von diesem Vieh, kein Kind, das wird wie sein Bruder Gilles, dieses Monstrum. Ich bin vom Heuboden gesprungen, habe heiße Bäder gemacht, Petersilienwurzeln gekocht. Ich habe Hélène gefragt nach anderen Mitteln, aber sie hat mich nur traurig angeschaut und den Kopf geschüttelt. Als mein Bauch immer dicker wurde, hat der Alte von mir abgelassen.

Von der Geburt weiß ich nicht mehr viel. Gilles durfte keine Hebamme holen, der Alte, das Vieh, hatte es verboten. Ich muss so geschrien haben, dass Hélène es hörte und kam. Danach war es besser. Sie half mir, kochte Wasser, schickte Gilles nach Sachen für das Baby. Ich hatte nichts gerichtet, ich wollte dieses Baby nicht. Hélène ließ alles aus ihrem Haus bringen. Ich habe davon nichts mitgekriegt.

Hélène teilte sich eine Woche lang zwischen ihrem Hof und mir auf. Ich lag nur in der Kammer und schaute gegen die Decke. Und dann, es war morgens, schlug das Kind beim Stillen die Augen auf, sah mich an und lächelte. Und da war es, als hätte jemand ein glühendheißes Messer in mich gestoßen und umgedreht. Es tat so weh, dass ich nach Luft schnappen musste. Der Schmerz ging durch, vom Schoß bis zum Herzen und er machte mich schwach und glücklich und stark und frei. Und ich wusste, Gott hatte mir dieses Kind geschenkt als Belohnung für mein Leiden. Dieses Kind war Gottes Antwort auf meine Schreie.

Ich nannte ihn Jean-Luc. Jean nach Jesu' Lieblingsjünger Johannes und Luc nach dem Evangelisten Lukas, der mir der Liebste ist von allen vier. Dem Alten war es egal und Gilles nickte nur.

Das habe ich noch nie jemandem erzählt, aber er muss verstehen, dass es nicht um ihn geht, hier.

Ich ziehe ihn hoch, er folgt wie ein Kalb.

Katharina

Er ist groß, schwarz, glänzend. Wahrhaft eine Persönlichkeit. Der Begriff „chef de cuisine" scheint für ihn gemacht zu sein. Mattglänzende Messingstangen laufen um den oberen Rand, weiße Porzellangriffe locken handschmeichlerisch. Die dreigeteilte Fassade gibt sich klassisch, gut proportioniert, streng, aber harmonisch. Vier Löwenklauen betonen seinen festen Standpunkt und darüber hinaus den Willen unverrückbar zu sein. Das Ofenrohr schwingt sich kühn nach oben in den riesigen Schornstein der alten Feuerstelle. Ich erliege sofort seinem dominanten Charme. Er dagegen gibt sich spröde. Seit einer Viertelstunde versuche ich, im Feuerloch mit Zeitungspapier und Holzspänen ein Feuerchen anzuzünden. Das Papier fängt Feuer, lodert auf, Rauch steigt aus der Tür, egal wie schnell ich versuche sie zu schließen. Wenn ich die Tür vorsichtig öffne - zum Ausspähen - ist es finster und kalt. Ich habe dunkle Erinnerungen an meine Großmutter vor so einem Ungetüm, sehe sie hantieren mit Haken und Ringen. Ringe werden aus der Herdplatte gehoben, jeder etwas größer als der vorhergehende, Töpfe werden in die nun passende Öffnung gesetzt oder aber auf der glatten Oberfläche hin und hergeschoben. Ein großer ovaler Topf, „Hafen" nannte sie das, stand simmernd in einer Ecke, Warmwasserspeicher und Luftbefeuchter in einem. Den Backofen habe ich während der kurzen Besuche bei ihr nie in Aktion gesehen, jedenfalls nicht für Braten oder Kuchen. Meiner Erinnerung nach warteten dort die Pantoffeln des Großvaters schön vorgewärmt auf dessen Heimkehr.

„Nun", spreche ich mit dem Herd, „wir wollen unsere Beziehung nicht überstürzen. Wir können uns Zeit lassen, uns kennen lernen. Wir wollen uns doch gegenseitig respektieren. Trotzdem möchte ich jetzt bitte, dass du deinen Aufgaben nachkommst, damit ich genau dies auch tun kann. Ich verlange nichts

Unziemliches von dir, nur ein bisschen Wärme und heißes Wasser für Tee." Diese ersten Fingerübungen auf einen Holzfeuerherd traue ich mir - und ihm - zu. Er ist stur, uneinsichtig. Langsam geht mein Vorrat an Zeitung, Streichhölzern und Geduld zu Ende. Meine liebevollen Sätze werden kürzer, der Ton schärfer, die Luft ist rauchgeschwängert. Philipp kommt aus dem ersten Stock, hustet. „Wo ist denn der Abzug?" Sucht, findet und öffnet die Klappe. Die Funken im Feuerloch glimmen auf, tanzen, kleine Flammen züngeln hoch, die ersten Ästchen knistern. Ich schließe beleidigt die Ofentür.

Wir öffnen Fenster und Türen zum Lüften. „Eigentlich haben wir uns etwas Besonderes verdient", meint Philipp. Und lädt uns zum Abendessen ein. Wir fahren los, durch den Ort, aus dem Tal heraus. Hinter dem Ort, an einer Kreuzung, weist ein Schild nach links: „Le Collège", darunter die gekreuzten Bestecke. Der Parkplatz vor einem Haus ist größer als bei den umliegenden Bauernhäusern, außerdem hängt eine Bierreklame über der verglasten Eingangstür. Es gibt keine Speisekarte. Wir spähen durch die Fensterscheiben in eine kleine Bar. Am Tresen zwei ältere Herren im Blaumann, die sich animiert unterhalten. Unter dem Fenster zwei kleine Tische, Resopalplatten, davor die Thonet-Stühle, kein überwältigendes Ambiente. Wir sind unschlüssig, drehen uns zum Gehen. Aus einer Nebentüre tritt ein Mann, trocknet sich die Hände an einer bodenlangen weißen Schürze ab. „Ah, bon soir! Wollen Sie essen?" – „Nun, was gibt es denn, wir haben keine Karte gesehen." – „Also," er schaut auf die Uhr, „ich brauche ungefähr noch eine halbe Stunde um die Kinder ins Bett zu bringen. Meine Frau ist zu ihren Eltern gefahren, ihre Mama ist krank. Gebadet habe ich sie schon, jetzt kommen noch die Geschichte und das Lied. Aber dann." Er legt den Kopf schräg, zählt etwas an seinen Fingern nach und strahlt uns an: „Salat mit gebackenem Ziegenkäse, Huhn in Weißwein-Sahne-Soße,

*ein bisschen Käse, ein bisschen Obst – ca irait?
Ginge das?" Wir nicken, dann auch er. „Vielleicht
wollen Sie noch ein bisschen spazieren gehen? In
einer Stunde bin ich fertig."
Einen so vielseitigen Mann, Vater, Koch, Sänger,
Bademeister, muss man unterstützen. Gehorsam
machen wir uns auf den Weg. Wir steigen langsam
den Berg hoch, eine Bruchsteinmauer, kaum
kniehoch und oft auf meterlangen Abschnitten
zusammengefallen, begleitet uns. Der Weg macht
eine Biegung, wir kommen oberhalb des Ortes an
und sehen die verschiedenen Täler vor uns liegen.
In der Sonne auf der Mauer sitzend versuchen wir
auszumachen, hinter welchem der bewaldeten
Rücken Bellefontaine liegt. Eine Eidechse
verschwindet raschelnd in einer Mauerspalte.
Grillen singen ihr auf- und abschwellendes Lied,
in unregelmäßigen Abständen kommt ein kreisen-
der Bussard für kurze Zeit in unser Blickfeld.
Versonnen sagt Philipp: „An der Bar hätten wir
sicher einen Aperitif bekommen."
An der Bar gibt es eine große Auswahl. Wir entscheiden uns für den Kir maison: Weißwein mit
Brombeerlikör. Die Resopaltische sind noch nicht
gedeckt, vielleicht hat die Geschichte etwas länger
gedauert oder beim Lied war noch eine Zusatz-
strophe fällig. Eine alte Frau kommt aus der
Flügeltür, hinter der ich die Küche vermute, auf
uns zu. „Madame, Monsieur!" Sie deutet nickend
in die Richtung einer Schiebetür und geht dann
voraus. Die Schiebetür öffnet sich auf einen
großen Saal mit Steinfußboden und Mauern aus
Bruchsteinen. Die Fenster sind recht klein. Am*

Kopfende des Saales dominiert ein großer Kamin. Aus hellem Stein geschlagene Säulen tragen einen massiven dunklen Balken, darüber erhebt sich der gemauerte Rauchfang. Es stehen etwa 10 Tische und eine lange Tafel in diesem Raum. Die Tische sind mit dicken weißen Tüchern und weißem Geschirr gedeckt. Steife Servietten stehen wie kleine Segel auf den Tellern. Die Frau führt uns zu einem Tisch in der Nähe des Kamins. Ein ausgestopftes Eichhörnchen schaut mir beim Hinsetzen über die Schulter, während an der gegenüberliegenden Wand ein Fuchs die Phantasie herausfordert. Er steht aufrecht auf den Hinterbeinen, von denen eins eingegipst ist. Deshalb muss er sich wohl mit einer Vorderpfote auf einer Krücke abstützen, die andere trägt er in einer Schlinge. Gekrönt wird das Ganze von einem Kopfverband, der nur ein Auge freilässt. Ein Skiunfall? Das Opfer eines Verkehrsrowdys? Ein Zechpreller? Ein verrückter Präparator?

Die alte Dame bringt die Weinkarte. Sie enthält hauptsächlich regionale Weine, Bugey oder Arbois, dazu den einen oder anderen Beaujolais. Die Preise sind sehr moderat, aber die Dame diskutiert mit der gleichen Ernsthaftigkeit als handele es sich um Jahrzehnte alte Burgunder. Sie schlägt einen hellen Jura-Wein vor, passend zum Huhn. „Wir können Ihnen die Flasche auch für später zurückstellen", schlägt sie vor. „Wenn Sie sie heute Abend nicht leer trinken. Sie werden ja sicher noch einmal wiederkommen." Sie zwinkert, „Bellefontaine ist ja nicht weit und mein Sohn kocht sehr gut."

Wir sind beeindruckt von der Geschwindigkeit der Informationsübermittlung. Der Salat kommt auf einem großen Teller. Geröstete Brotstückchen und krosse Speckwürfel begleiten zwei goldgelb gebackene Ziegenkäschen, die beim Aufschneiden cremig zerfließen. Weitere Gäste sind gekommen, auch sie bekommen die gleiche Vorspeise.

Das Huhn, zwei Filets, hat in einer Mischung aus „Vin Jaune",

einem schweren Dessertwein, und Sahne langsam im Ofen gegart und ist nun gänzlich von einer aromatischen glänzenden Schicht überzogen. Dazu gibt es Kartoffelgratin und mit Semmelbröseln überbackene Tomaten. Man merkt, dass der Koch keine Angst vor Knoblauch hat. Kuhmilch- und Ziegenmilchkäse sind ausgewogen vertreten auf der Käseplatte. Wir lassen uns überreden, Ziegenkäse in den unterschiedlichsten Stadien der Versteinerung zu probieren. Als Nachtisch gibt es einfach Erdbeeren mit crème fraîche, köstlich. Wir akzeptieren gerne den Kaffee, mit dem sich der Wirt an unseren Tisch setzt. Er fragt uns ein bisschen aus nach dem Woher, Wohin und Warum. Wir geben bereitwillig Auskunft. Wäre interessant zu wissen, wie weit diese Auskünfte in den nächsten Stunden reisen. Auf der Rückfahrt halten wir an, steigen in die Nachtschwärze aus und beobachten den Sternenhimmel. „Wenn eins von den Kindern kommt, soll es das Teleskop mitbringen!" flüstert Philipp.
Wie romantisch.

Céline

Das Aushaus riecht noch nach dem Menschenfresser, obwohl er nun schon seit Monaten wieder bei uns in der Kammer ist. Wie sich alles verändert. Es war sein Schlafzimmer und wir mussten in der Kammer hausen. Dann ging er ins Aushaus und wir sind in sein Zimmer gezogen. Und nun ist er wieder da, neben mir und sein unruhiger Schlaf stört meinen.

Das Aushaus verkommt. Überall Staub, Spinnweben und Mäusedreck. Ich habe die Treppe zugestellt mit Kartoffelkisten, Apfelstiegen, Möhrenkisten. Keiner kann da durch und das sieht man, das ist gut so.

Ich habe ihn über die Leiter hochgehievt in die Speicherkammer. Ich konnte nicht mehr aufhören zu erzählen. Er ist jetzt oben in der Kammer. Ich habe ihn da hochgeredet

Jean-Luc war so besonders. Er war ruhig, er war fröhlich, er hat mich stark gemacht. Als der Menschenfresser wieder zu mir kam, habe ich ihm gedroht. Ich habe ihm gedroht, dass er in der tiefsten Hölle brennen soll für seine Schandtaten. Er hat nur gelacht und gemeint, das Leben mit einem Idioten als Sohn und einer Hexe als Schwiegertochter sei auch nicht besser. Da habe ich ihn verflucht und ihm gedroht, dass seine verfluchte Männlichkeit verfaulen und abfallen solle. Ich hab das mal bei einem Hund gesehen, das war schrecklich. Ich konnte das alles beschreiben, ganz genau, wie der Hund verreckt ist zum Schluss. Da ist er ganz blass geworden und ist gegangen.

Als er zum ersten Mal die Hand erhoben hat gegen Jean-Luc, habe ich gefragt ob er will, dass der Pfarrer erfährt, dass sein Enkel auch sein Sohn ist. Seit damals hat Jean-Luc uns beschützt, so gut er das konnte.

Jetzt muss ich ihn beschützen

Die Nacht ist fremd in ihren Geräuschen. Den Gesang der Grillen kenne ich. Die Nachtgeräusche der anderen Tiere zu identifizieren fällt mir schwer. Das langgezogene Schuschu und die schweren Flügelschläge schreibe ich einer Eule zu, das vielfüßige Trippeln und Rascheln einer großen Schar von Mäusen, Igeln und anderen Kleintieren, aber das lange, hohe Geckern und das kurze, bellende Husten kann ich nicht zuordnen. Das Haus hat seine eigenen Geräusche, knistert und knarrt, als ob jemand über die Holzböden schleicht.

Katharina

Ich schlafe sehr unruhig.

Am nächsten Morgen höre ich ein Auto vorfahren, die Türe schlagen zu, Schritte. Bevor ich beunruhigt sein kann über die hiesige Besucher-Etikette, ruft Philipp von unten: „Früh-stück!" Dieser Mann hatte den Herd überredet, war in den nächsten Ort gefahren, um Baguette und Croissants zu kaufen und goss gerade Kaffee auf. „Du hast so schön geschlafen." lacht er. „Aber wenn du duschen willst, musst du den Holzofen einheizen - vor dem Frühstück."

Irgendetwas klappt mal wieder nicht. Die Stecker und die Adapter passen nicht zueinander. Vielleicht sollen deutsche Modems nicht mit französischen Telefonleitungen reden. Vielleicht wollen französische Telefonleitungen nichts mit deutschen Modems zu tun haben. Wir verschieben das auf später. Philipp grummelt durchs Haus. Ich verstehe nur Wort-fetzen „keine Erde" – „eine einzige Katastrophe". Ich kenne das von früher. Jedes Ferienhaus wurde erst durchgemessen, dann den Kindern strikte Sicherheits-maßnahmen auferlegt. Seit wir einmal über den Kinderbetten einen blanken Kupferdraht aus der Wand haben ragen sehen, reist Philipp nur noch mit Lüsterklemmen und Ähnlichem.

Ich setze mich kurz draußen vor der Tür auf die Bank. Das alte Haus gegenüber schaut mich an. Seine Fenster sind milchig-trüb, die Glasscheiben wirken uneben und spielen den Augen einen Streich. Ich bin sicher, dass sich eine Gardine bewegt hat, unten, wo die Küche sein muss. Da scheint jemand neugierig auf seine neuen Nachbarn zu sein. Ohne zu überlegen stehe ich auf. Im Hinübergehen lege ich mir die französischen Sätze zurecht. „Wir sind ja jetzt Nachbarn,... vielleicht mal auf ein Glas Wein..." Wenn es auf den ersten Eindruck ankommt, fühle ich mich sicherer, wenn ich vorher ein bisschen geübt habe. Und dies scheint mir wichtig zu sein. Ich klopfe und warte. Ich klopfe lauter und warte.

Schließlich gehe ich zurück. Ich bin mir ganz sicher, dass die Gardine sich bewegt hat.

*Bellefontaine ist das, was die Franzosen einen „Hameau"
nennen, ein Örtchen, zu klein um ein Dorf zu sein, zu groß um
ein einziger Hof zu sein. Ein Weiler vielleicht, eine dieser
winzigen Ansiedlungen, die zwar einen eigenen Namen haben,
aber sich die Postleitzahl mit einer Anzahl von anderen
Gemeinden teilen müssen. Bellefontaine ist sogar so klein, dass
es kein Ortseingangsschild hat. Dadurch bleibt ihm natürlich
auch die Schmach erspart, als „Ortsteil von ..." geführt zu
werden. So liegen seine fünf Höfe stolz und weitgehend
selbstständig in diese große Mulde hineingeduckt. Wir flanieren.
Der erste Hof am Eingang des Tales ist offensichtlich ein
Feriendomizil. Sein Dach ist neu gedeckt, geschlossene Fensterläden, das Holz noch hell und nicht verwittert, zeigen, dass
zur Zeit niemand zu Hause ist. Die Zufahrt ist gemäht, etwas
seitab liegen ein Stapel alter Balken und anderes Baumaterial.
Alles wirkt so aufgeräumt, dass die Bauarbeiten offensichtlich
abgeschlossen sein müssen. Auf dem Dach sieht man mehrere
Kamine, die Endstücke von Lüftungsrohren, eine Satellitenantenne und einen Fahnenmast.
Auf der anderen Straßenseite, etwas zurückgesetzt, sind nur
noch Ruinen übrig. Ein eingebrochenes Dach, aus der Veranke-
rung gerissene Fensterläden, Türen, aus denen Brombeeren,
Holunder und Brennnesseln wachsen. Es ist traurig und ich
wünsche mir sofort, wieder 12 Jahre alt zu sein, bewaffnet mit
einer Taschenlampe und dem festen Glauben an versteckte
Schätze und die eigene Unverwundbarkeit. Ganz sicher bin
ich mir nicht, dass ich diese Phase wirklich überwunden habe.*

*Der nächste Hof liegt etwa 100 Meter von der Straße entfernt,
fast am Waldrand. Er sieht aus, als sei er zur Hälfte in den*

Hang eingegraben. Das Scheunentor ist auf der schmalen Giebelseite, sozusagen im ersten Stock. Eine enge Zufahrt führt von der Straße zum Hof und dann im großen Bogen auf einer Rampe zum Scheunentor. Der Misthaufen vor dem Hof zeigt, dass er noch bewirtschaftet ist. Ein Förderband reckt seinen schwarzen Hals in die Luft, Unsäglichkeiten hängen an den Rändern herunter. Rechts und links des Misthaufens liegen zwei hohe und breite Wälle, abgedeckt mit schwarzen Plastikplanen, die wiederum von zahllosen Autoreifen in erstaunlicher Größen- und Formenvielfalt an Ort und Stelle gehalten werden. Zwei aufgebockte Kleinwagen ohne Räder schließen sich auf der rechten Seite an die Wälle an, dahinter steht eine Ente ohne Dach. Ein Kleinlaster, die ausgeprägte Schnauze gegen eine Betonmischmaschine geparkt, dient als Terrasse für einen großen schwarzen Hund. Breitbeinig steht er auf der Ladefläche und beobachtet uns. Wahrscheinlich macht er Bestands- aufnahme, genauso wie wir. Entweder hat er uns als harmlos eingeschätzt oder wir haben seine Reviergrenzen noch nicht überschritten. Um ihm zu beweisen, dass er Recht hat mit seiner Einschätzung, gehen wir auf dem Weg weiter. Als ich mich einige Schritte später wieder umdrehe, hat er sich in ein mythologisches Fabelwesen verwandelt. Schwarz und massig trägt er plötzlich zwei Köpfe. Der eine Köpf beginnt zu bellen und dann teilt das Fabelwesen sich in zwei fast identische Hunde. Das Gebell begleitet uns bis zum nächsten Hof, der mit seiner Blumenpracht bei weitem den freundlichsten Anblick bietet. Ein bisschen abseits steht ein solide aussehender, aber arg verwitterter Holzkasten, zu klein um Behausung oder Scheune zu sein, zu groß und solide um nur Schuppen zu sein. Auf einer Wiese oberhalb des Hofes zieht ein Traktor mit Heuwender langsam seine Bahnen. Der Heuwender wirft das geschnittene Gras in die Höhe, eine Frau mit Strohhut recht es zu langen Streifen zusammen. Unsere Nachbarn bereiten sich

auf den Winter vor. Der Feldweg, der zwischen diesem und
unserem Hof an der Heuwiese vorbei nach oben führt,
verschwindet im Wald.

Ich habe ihn getreten und geschlagen, ins
Gesicht. Ich habe ihn an den Schultern   **Céline**
geschüttelt und ihn angeschrien: „Wie
könnt ihr so etwas tun! Wie könnt ihr so
etwas vor eurem Gewissen verantworten.
Ihr seid Bestien! Monster!" Er hat sich überhaupt nicht gewehrt.
Und als ich ihn angebrüllt habe: „Ich sollte dich erschlagen, du
Schwein!", hat er mich nur angeschaut, als ob er genau das von
mir wollte. Aber das geht nicht. Jean-Luc.
Jules war bei Hélène gestern Nacht, als wir Wolle aufgetrennt haben.
Wie er aussah! Es war so schrecklich, Hélène konnte nur weinen,
Jules bekam die Worte kaum heraus, er schämt sich so, dass er
ohne Alice zurückgekommen ist. Keiner weiß genau, was passiert
ist. Jules ist fortgelaufen, als die Deutschen anfingen die Höfe in
Brand zu schießen. Und die kleine Alice ist allein zurück geblieben,
in dem brennenden Dorf. Hélène ist verrückt vor Angst.

Es klopft. Ich kenne die Geräu-
sche dieses Hauses, seine Melodie,   **Katharina**
noch nicht. So braucht es ein
zweites Klopfen, bis ich realisiere,
dass wirklich jemand zu uns will.
Ich öffne die Tür und meine Laune steigt schlagartig. Vor mir

steht ein Mann mit der Gestalt eines Gartenzwerges und der Ausstrahlung eines zauselig geliebten alten Schmusetiers. Eine ausgebeulte braune Cordhose schlägt Falten auf den Schuhen, obwohl zwei breite Hosenträger den Bund knapp unter den Achseln halten. Unter dem Flanellhemd schauen die Bündchen eines langärmeligen Unterhemdes hervor. Es ist Frühsommer, aber hier scheint man vorsichtig zu sein. Er ist klein, kompakt, braungebrannt, die Falten im Gesicht sprechen vom Alter, aber abzuschätzen ob er 60, 70 oder 80 Jahre alt ist – unmöglich. In diesem Gesicht unglaublich strahlende blaue Augen und ein so offenes Lächeln, dass man einfach mit guter Laune darauf reagieren muss. Er nimmt seine Kappe ab. „Die Frau und ich, wir wollten Sie zum Aperitif einladen." Er sagt wörtlich „un verre d'amitié", ein Glas der Freundschaft, schön! „Um 12 Uhr? Ich bin Roger und die Frau ist Alice. Wir wohnen da hinten." Und er zeigt auf das nächste Haus zum Tal hin. „Kommen Sie?"

Aber selbstverständlich kommen wir. Diese Augen scheinen einen hohen Suchtfaktor zu haben.

Der Hof sieht von außen dem unseren ähnlich. Die Mauer aus Holzscheiten ist zum Teil abgeräumt, auf dem Platz vor der Tür laufen Hühner durcheinander. Die Stalltüren stehen offen. Man sieht einen kleinen Misthaufen, hört aber keine Geräusche, die auf größere Tiere schließen lassen. Was den Hof grundsätzlich von unserem unterscheidet, ist die Fülle von Blumen. Auf jeder Fensterbank, auf jeder Treppenstufe stehen Gefäße und Töpfe mit Blumen. Geranien quellen von der Fensterbank, zwei große Steintröge, die die Tür flankieren, sind gefüllt mit Tagetes und Begonien. Auf der Brunnensäule steht eine Schale mit Petunien, neben der Stalltür ein alter Zinkeimer mit zartrosa Blütenschopf. An der Südseite liegt ein großer Gemüsegarten, der alte Holzlattenzaun sorgfältig mit Kaninchendraht verstärkt. Aus der Fülle von Grüntönen ragen Cosmeen in

zartem Rosa und Creme heraus, an der Hauswand stehen Stockrosen Wache. Der „Jardin des simples", die bis ins Mittelalter zurückreichende Kräuterapotheke, ist gut vertreten. Roger ruft „Entrez" auf unser Klopfen. Wir schieben den Fliegenvorhang zur Seite und öffnen die schwere Tür. Eine ältere Dame kommt uns entgegen, die Haare in einem wunderschönen Haselnusston in kleinen Locken um den Kopf. Wir stellen uns vor,
mit Vornamen, wie ihr Mann es auch getan hat.
Mitten in der großen Küche steht ein massiver Tisch. Darauf drei Flaschen mit Flüssigkeiten in Abstufungen von dunkelbraun bis goldgelb. Daneben ein Teller mit Wurstscheiben, ein Teller mit eingelegtem Gemüse und eine Packung Chips. Roger strahlt: „Was möchten Sie trinken, Philipp? Die Frau hat Nusslikör, Pfirsichlikör und Enzian-schnaps." Wir nehmen den Nusslikör, der dunkelbraun und sirupartig in die Gläser rinnt. „Auf das Ihre!" Roger genießt die Rolle als Gastgeber sichtlich. Er schiebt uns den Teller mit den Wurstscheiben hin und zurück, rückt die Gemüse in Stellung, erzählt, strahlt, fragt. Seine Frau ist sehr viel zurückhaltender. Sie beobachtet.
Wir haben keine Ahnung was die Etikette für den Apero hier im Jura verlangt. Plötzlich ist eine Stunde vorbei. Wir haben den Pfirsichlikör gekostet, der nach Marzipan schmeckt und aus Pfirsichbaumblättern gemacht wird. Beim Enzianschnaps habe ich mich gedrückt, Philipp hat die Ehre der Familie gerettet.
So eilen wir beschwingten Schrittes zurück zu unserem Hof. Als ich mich umdrehe, stehen sie zusammen in der Tür und schauen uns nach. Philemon und Baucis.
Wieder bewegen sich die Gardinen im Nebengebäude.

Céline

Er fiebert. Ich kann nicht den ganzen Tag nach ihm schauen, also binde ich ihn fest. Am Abend ist er ganz ruhig, atmet kaum, ganz flach. Sein Gesicht ist blass, Schweiß auf der Stirn. Lieber Gott, was heißt das für Jean-Luc? Lass ihn nicht sterben, lass ihn nicht sterben! Ich lege Tücher auf seine Stirn, wickle nasse Lappen um seine Beine. Ich laufe zu Hélène, sie weiß so viel über Kräuter und Arzneien. Der Alte ist krank, erzähle ich ihr, er fiebert, hat sich etwas aufgerissen, was jetzt entzündet ist. Hélène schaut mich ernst an, hält meine Augen fest und das Wissen in ihren Augen macht mich ganz schwach. „Und du willst, dass er weiterlebt?" Mir wird schwindelig bei der Frage, ich kann nur nicken. Hélène nickt erleichtert. „Ich komme mit dir!" Nein, nein, nur das nicht. „Nein, du hast hier zu viel zu tun! Gib mir etwas gegen das Fieber, etwas für die Wunde, das reicht!" Sie macht kleine Päckchen, malt Zeichen darauf, erklärt, wieviel, wie lange, welche als Tee und welche als Sud zum Wasche und Verbinden. Sie ist sehr ruhig und ihre Ruhe geht auf mich über. Ich bin schon aus der Tür, als es mir einfällt: „Ich kann dich nicht bezahlen, ich kann dir nichts geben dafür." Hélène nickt. „Doch, du kannst beten, für Alice!"

Alice! Ich habe nicht mehr an Alice gedacht, seitdem er da ist. Welch ein Wahnsinn! Ein achtjähriges Kind über die Berge zu schicken in die Zone interdite. Und alles nur für ein bisschen Zucker und Kaffee, ein paar Sous Bargeld.

Ich wasche die Wunden mit dem Pflanzensud, flöße ihm löffelweise Hélènes Tee ein und bete unaufhörlich. Lass ihn nicht sterben! Lass Jean-Luc nicht sterben! Lass Alice nicht sterben! Lass sie gesund und heil an Körper und Geist nach Hause kehren. Gütiger Vater, meine Liste wird immer länger, aber du bist Gott, kein Krämer.

Als ich wieder aufstehe, hat er die Augen weit offen. Aber ich glaube nicht, dass er mich sieht.

Ich kann nicht mehr weiter! Das Fieber macht mir Angst. Ich habe

ihm wieder den Lappen in den Mund gesteckt. Er wirft sich herum und stöhnt und versucht zu reden. Und dann liegt er einfach nur da, atmet kaum und macht ganz dumpfe Laute. Er macht mir solche Angst. Er kann mir doch nicht so wegsterben! Ich muss Hélène holen. Hélène kommt, sie sagt nie nein. Aber sie ist misstrauisch. „Wer ist das?", fragt sie. „Mein Cousin." Für Jean-Luc kann ich lügen, erst wird mir ganz heiß bei dem Gedanken, dann wird mein Kopf leicht und alles fügt sich zusammen. „Die Deutschen suchen ihn, du darfst niemanden von ihm erzählen, auch Jules nicht. Und schon gar nicht dem Alten." - „Um den Alten mache ich mir keine Sorgen, aber kannst du für den da bürgen? Jules steht auf der Fahndungsliste der Deutschen. Wir können keinen Spitzel hier dulden! Wenn er nun ein Collaborateur ist?" – „Schau, wie er aussieht! Was glaubst du, wer das war. Außerdem redet er nicht", lüge ich, „er hatte als Kind einen Unfall, weißt du. Jetzt spricht er nicht mehr." Ich schäme mich für diese Lügen. Hélène nickt nur und kniet sich neben dem Lager nieder. Sie schlägt die Decke zurück, öffnet die Verbände, atmet tief durch und steht wieder auf. Sie zählt auf, was sie braucht, schickt mich die Leiter 'rauf und 'runter und ich renne, steige, bringe hin, bringe weg, alles, um nicht mit ansehen zu müssen, was sie tut. Dann ist sie fertig und sagt mir, was ich tun muss, während der Nacht und am nächsten Tag. Wie ich das machen werde, weiß ich noch nicht. Ich bin so müde, dass ich nur nicke zu allem, was sie sagt. Und dann fragt sie am Fuß der Leiter: „Wie heißt er, dein Cousin?", und mein Kopf wirbelt wieder. „Mathieu", sage ich, denn er wird mir die frohe Botschaft bringen. Und in meinem Kopf sind die Worte aus dem Matthäus-Evangelium: „Selig sind ..."
Ich muss mir meine Lügen merken.
In der Nacht bringe ich ihm dreimal Tee und kontrolliere die Verbände, wie Hélène es gesagt hat. Als ich wach werde, liege ich über den Küchentisch, das Vieh schreit im Stall, und der Alte schlägt oben gegen die Wand.

Katharina

Als unsere Kinder noch klein und gutgläubig waren, brachten wir ihnen die „Croissants - Navigation" bei. Der Aufbruch in die Ferien fand in dunkler Nacht statt, die Kinder schliefen im Auto gnädig wieder ein. Wenn sie bei Sonnenaufgang wach wurden, steuerten wir in einem kleinen Ort die Bäckerei an. Mit soufflierten Sätzen gingen die Kinder Brot und Croissants kaufen zum ersten Ferienfrühstück. Brot und Croissants waren jedoch nur Requisiten, das Wichtigste war die Tüte. Auf der stand nämlich der Name des Bäckers und des Ortes. Nun wurden die Kinder angehalten, diesen Ort im Reiseatlas zu finden und die Fahrtroute zu bestimmen. Am Mittag, Nachmittag und Abend wiederholte sich das Ritual und die Kinder suchten sich Croissant für Croissant, Brioche nach Brioche ihren Weg durch Frankreich. Jahrelang hielten sie die Croissants-Navigation für eine anerkannte und bewährte Methode der Orientierung in fremden Ländern. Natürlich erging es ihr wie dem Osterhasen und der Zahnfee. Irgendein fortschrittlicher Pädagoge hat die Kinder dann aufgeklärt und so landete sie auf dem Abfallhaufen der kindlichen Mythen.

Das Erwachsenen-Spiel geht genau andersherum. Wir breiten die Michelin-Karte vor uns aus und versuchen anhand der Größe der Schrifttypen herauszufinden, wie wahrscheinlich es ist, in dem jeweiligen Ort einen Laden zu finden oder nicht. Jeder hat drei Versuche und der, der zuerst trifft, bekommt vom anderen ein Getränk spendiert.

Philipp gewinnt, aber nicht wirklich. Der erste Laden verkauft im Sommer neben Angelscheinen, lebenden Würmern und Maden auch einige Konservendosen. Im Winter verleiht er Ski und Schneeschuhe, dazu gibt es Karten und eine ganze Menge Souvenir-Kitsch. Ich weiß, dass es unvernünftig und irrational ist, aber ich weigere mich, Konserven zu kaufen, die neben Glasurnen voll wimmelnder Maden und Würmern stehen.

Dafür erwerben wir mit dem Kauf einer Wanderkarte das Recht auf Fragen und tun eine Goldgrube auf. Wir erhalten die Adresse einer Käserei, die angeblich den besten Bleu und Comté der ganzen Gegend macht. Dazu, auf der neuen Karte eingekreist, die beste Metzgerei, den Hersteller luftgetrockneter Würste, den Bauern, der den besten Ziegenkäse macht, Orte und Termine der nächsten Markttage. Sich mit landestypischen Lebensmitteln zu versorgen scheint ein zeitraubendes Unterfangen zu sein. Einige dieser Adressen stellen sich später als große anonyme Kooperativen heraus, aber der Ziegenkäse-Bauer macht einen phantastischen Tomme de Chèvre, einen Ziegen-Hartkäse, der in Form und Oberfläche einem Granitpflasterstein nicht unähnlich ist. Neben der Metzgerei liegt eine kleine Epicerie. Vor der Tür sind Körbe und Stiegen mit Obst und Gemüse aufgebaut, im Inneren stapeln sich auf deckenhohen Regalen haltbare Waren: Nudeln, Reis, Mehl, Linsen, Bohnen. Als Zugeständnis an die geänderten Zeiten wird die linke Wand von einer Kühltruhe eingenommen, die mit Pommes Frites, Pizzen und Fertiggerichten gefüllt ist. Wir tragen Tüten voller Obst und Gemüse zum Auto, Pakete mit Spaghetti und Reis, ein Schutzwall gegen den Hunger. Wir fahren weiter zur Käserei Michelin. Der kleine Laden sieht von außen harmlos aus, aber beim Öffnen der Tür überwältigt uns eine Wolke durchdringender Käse-Aromen. Wir schwelgen erst mit den Augen. Auf Holzbrettern liegen Strohmatten, darauf die Ziegenkäse. Kugeligrund, konisch-rund, Pyramiden, viereckig, in drei

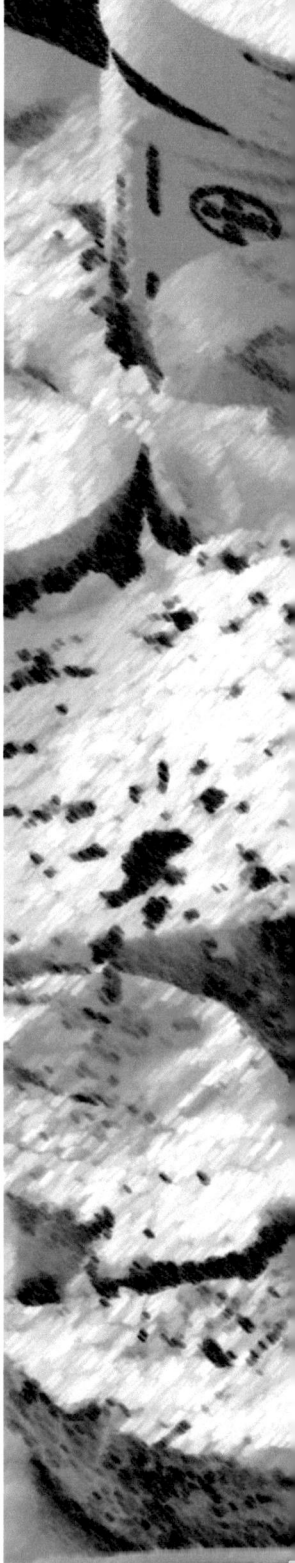

verschiedenen Größen, frisch, getrocknet, versteinert, in Asche gewälzt, oder in Pfeffer, in Kräutern, in gehackten Rosinen, flache Käselaibchen, hohe Käselaibchen. Hartkäse in großen Rädern liegen angeschnitten auf der Theke, im Regal dahinter stapeln sich die Reserveräder. Tomme de Jura mit mittelgroßen Löchern, Morbier mit feinen Löchern und dem Aschestreifen in der Mitte, Comtés in cremig-weiß bis harzgelb. Die Rotschimmelkäse sind vorsichtshalber in Holzkistchen eingesperrt, ihre Bewegungsfreude ist berüchtigt. Die Herstellung dieser Spanschachteln in Heimarbeit half früher vielen Bauernfamilien finanziell über den Winter. Als Hommage an die benachbarten Regionen gibt es Langres und Epoisses aus Burgund und die kleinen, mit ihrer dunklen schrundigen Haut an Eichenrinde erinnernden Tommes aus Savoyen. Wir schwelgen und kaufen. Mit mehreren Tüten und einen leichten Schock beim Anblick der Rechnung ziehen wir von dannen. Sämtliche Fliegen der Umgebung umkreisen uns.

Céline

Sie redet nicht. Einfach so, spricht mit keinem.

Alice ist wieder da. Jules ist gestern Nacht über die Berge und hat sie gesucht. Sie ist nur noch halb so groß wie früher und ihr Gesicht besteht nur aus Augen. Sitzt nur da und starrt dich an mit diesen riesengroßen Augen. Hélène wiegt sie wie ein kleines Baby, in Decken gewickelt, im Arm. Sie spricht mit ihr, singt ihr Lieder, sagt kleine Kinderverse vor, spielt kindische Fingerspiele, Alice schaut nur durch sie durch. Jules hat mit Leuten gesprochen, die dabei waren als Echerans brannte, aber keiner wollte mit ihm reden, dem Gesuchten.

Er weiß nur, dass die Soldaten Raoul und Maurice getötet haben und das Dorf in Brand geschossen haben. Hélène kocht einen Tee, flößt ihn Alice ein und bringt sie ins Bett. Ohne das Kind sinkt die Stimmung in der Küche noch tiefer. Jules hat Angst, dass die Deutschen auch hierhin kommen. So wie damals, nach Gilles unglaublicher Dummheit. Jules hört englisches Radio und ist ein „Terrorist", wie die Deutschen das nennen, aber sagen darf er uns nichts. Er hat nur Angst.

Der Pfarrer ist wieder da. Spürt er, dass es mit dem Alten zu Ende geht? Der Pfarrer schaut mich an. „Meine Tochter, hast du mir etwas zu sagen?" Herr Pfarrer, ich habe Ihnen damals so viel gesagt, herausgeschrien habe ich es, mein Leid, das Unrecht. Auf den Knien habe ich vor Ihnen gelegen und Sie um Hilfe angefleht. Alles, was Sie gesagt haben war: „Meine Tochter, das Sakrament der Ehe ist heilig!" und „Gott gibt keinem ein Kreuz, dass er nicht auch zu tragen vermag."
Von Mathieu kann er nichts wissen. Niemand kann von ihm wissen. Er ist mein Geheimnis. Mein wirkliches Geheimnis. Nicht so wie das andere Geheimnis. Das haben ja alle gewusst. Ich senke die Auge:„Nein, Herr Pfarrer."

Ich renne Alice beinahe um, als ich mit der verdreckten Wäsche aus dem Haus komme. Alice steht vor der Stalltür. Sie geht in den Stall, löst die Knoten und treibt meine Kühe, die vier alten, verkrüppelten Tiere, die die Deutschen uns gelassen haben, aus dem Dorf hinaus den Hang hoch.
Die verdreckte Wäsche des Alten ekelt mich an. Jeden Tag den großen Bottich füllen und in der scharfen Lauge arbeiten! An schlechten Tagen ist auch das Bett schmutzig und ich muss die schweren Leinentücher alleine waschen, durch die Mangel drehen und aufhängen. Wenn es regnet, wenn der Nebel hängt im Tal, bekomme ich die Wäsche nicht trocken. In der Küche über dem Herd starren mich dann die verfleckten Laken an. Die Luft ist so

feucht, dass der Putz an der Wand pockig wird. Jetzt mische ich die blutigen Verbände unter die anderen Leinenstreifen. Soll mir einer nachweisen, dass die nicht vom Alten sind. Selbst die alte Juliette, die ihre Nase immer in alles steckt, wird nicht die Unverfrorenheit aufbringen, meine Kochwäsche zu durchwühlen.

Katharina

Die Kargheit der Küche beschäftigt mich. Im Schrank stehen sechs Teller, zwei davon gleich, die anderen alt und angeschlagen, Schiffbrüchige, Überlebende. Daneben die „Bols", große schüsselartige Tassen, das französische Frühstücksgeschirr. Das Besteck liegt in einem hölzernen Besteckkasten, dessen Ränder sanft, glatt und abgegriffen sind. Gabeln mit Horngriffen, die Zinken ungewohnt lang, die Messer fremd in ihren Proportionen. Ich nehme einen der Teller in die Hand. Sein Rand ist angeschlagen, das Steinzeug ohne Glasur grau geworden, alte Narben. Auf elfenbeinfarbenem Grund schwingen sich blaue Ranken und stilisierte Blüten in einem breiten Band am Rand entlang. Eine kleine dunkelblaue Girlande schließt am Tellerrand ab. Unter der Glasur ziehen zahlreiche feine Risse ein Muster, Runzeln in einem alten Gesicht. Ich drehe den Teller in den Händen, fahre mit den Fingern über die Verletzungen. Ich möchte etwas spüren durch diesen Teller, möchte, dass der Teller mit mir kommuniziert. „Ist das nicht ein bisschen viel verlangt von einem alten Teller." brummt Philipp vom Arbeitstisch her. Vielleicht hat er recht. Warum sollte das bei einem Teller einfacher sein als bei einem Physiker.

Ich suche mir meinen Platz auf der Wiese hinter dem Hof und setze mich hin. Mit den Augen stecke ich mir einen Sektor ab, 50 auf 50 Zentimeter und fange an die Pflanzen zu bestimmen.

Das ist meine Auszeit, ein Konzentrieren auf das Naheliegende, ein Ausschließen all dessen, was über dieses kleine Viereck Welt hinausgeht. Kleines Habichtskraut, Thymian, Lichtnelken, kleiner Augentrost, typischer Magerrasen. Die populären Namen sind genauso faszinierend wie die heilenden Eigenschaften der Pflanzen. Ich müsste einen französischen Kollegen nach ihren französischen Namen befragen. Wäre interessant zu vergleichen, wie sich dieses Wissen in den beiden Sprachen in den Pflanzennamen niederschlägt, welche Schwerpunkte die jeweiligen regionalen Namen bei der medizinischen Anwendung setzen. Ein interessanter Aspekt für eine vergleichende Studie. Es wirkt wieder, das Botanisieren. Wenn es mir ganz schlecht geht, stelle ich mir eine Schachtel in der Schachtel vor, ein Wesen, eine Entität, die - wie ich dieses Stück Wiese - unsere Welt betrachtet, wiederum beobachtet von einem Wesen, einer Entität, über deren Schulter ... Diese Wesen statte ich aus mit distanzierter Gelassenheit, liebevoller Neugier und vertrauensvollem Desinteresse. Natürlich sagt das mehr über mich als über diese Wesen aus.

Aber es wirkt!

Dann sehe ich weiter unten eine Bewegung. Die Frau, bei der wir eingeladen waren, Alice, geht auf unseren Hof zu. Sie trägt eine Schale oder einen Topf. Ich stehe auf, um sie begrüßen zu können, da biegt sie kurz vor unserem Haus ab. Nun sehe ich sie nicht mehr, das Nebengebäude verdeckt sie. Geräusche sind zu hören, aber nicht zu identifizieren, ich setze mich wieder hin.

Neugier ist ein unfreundliches Wort, ich bevorzuge den Begriff zwischenmenschliches Interesse. Wie auch immer, nach einigen Minuten kommt sie wieder in mein Blickfeld, sie trägt immer noch die Schale. Hat er ihr nun die Tür aufgemacht oder nicht?

Céline

Ich muss mit ihm sprechen. Das Fieber ist vorbei. Das Gesicht ist noch blau und grün. Das ist gut so, das wird seine Geschichte unterstützen. Ich schaffe die Arbeit nicht allein! Auf allen Höfen fehlen die Männer. Die Männer sind in Gefangenschaft oder untergetaucht, die Jungen im Arbeitsdienst oder verstecken sich beim Maquis. Aber auf anderen Höfen gibt es noch die ganz Alten oder die Kinder. Hélène hat noch den alten Knecht und ihren Bruder Jules, der ab und zu kommt. Sie hat mir Alice gegeben, gegen Kost. Für sie ein Mund weniger zu füllen. Selbst mit Alice geht es nicht. Ohne sie wäre ich ohnehin verloren, der Hof, das Vieh, der Alte. Sie ist erst acht Jahre alt und arbeitet mehr als manch ein Knecht, den wir früher hatten. Sie kümmert sich um die Tiere. Es sind ihre Freunde, jedes einzelne von ihnen. Sie erzählt ihnen endlose Geschichten, singt ihnen Lieder vor beim Heimholen, beim Melken. Natürlich kann sie nicht die drei Männer ersetzen, die der Hof verloren hat. Er ist wach. Ich mache ihn vom Bett los. Er setzt sich auf, das erste Mal, dass er etwas selber tut. Er stützt die Ellbogen auf die Knie, legt das Gesicht in seine Hände. Sein Bart ist noch so hell und weich, man sieht ihn kaum. Aber er spürt ihn wohl, denn er streicht sich an den Wangen entlang, als wäre ihm das eigene Gesicht fremd. Er ist so schön! Dann schaut er mich an. Und nickt langsam. Ich erzähle ihm, dass er jetzt Mathieu ist, seine Geschichte. Er schaut nur durch mich durch. Gut, er braucht Zeit. Ich bringe ihm Kleidung, den Eimer und die Waschschüssel. Noch ist er zu schwach, um zu helfen, aber er muss sich jetzt um sich selbst kümmern.

Und dann muss ich es Alice sagen. Nur, dass er da ist und uns helfen wird. Alice liebt Jean-Luc über alles. Er ist ihr großer Bruder, ihr Freund, ihre große Liebe. Sie konnte kaum laufen, da ist sie ihm nicht mehr von der Seite gewichen. Es war nicht immer leicht für einen Zehnjährigen mit einem Baby im Schlepptau, aber Jean-Luc hat nie etwas gesagt.

Ich rede mit ihm, ganz langsam. Ich bin sicher, dass er mich versteht. Ich erzähle ihm von meinem Pakt. Das habe ich mir lange überlegt. Er muss davon wissen. Ich kann nicht zulassen, dass er Jean-Luc gefährdet. Und er muss auch genau wissen, dass ich nicht zulassen werde, dass er mich verlässt. Ich werde meinen Teil des Paktes erfüllen, bis Gott mir Jean-Luc zurückschickt. Und er muss seinen Teil dazu tun. Er wird hier bleiben, auf diesem Hof.
Ob er dies nun freiwillig tut oder nicht, das muss er selbst entscheiden.

Es ist zwölf Uhr. Eine drückende Schwüle liegt über dem Tal. Selbst die Grillen und **Katharina** *die Vögel schweigen unter der flirrenden Last. Das monotone Tuckern eines Traktors, weit weg, wirkt einlullend wie ein vertrauter Herzschlag. Wir sitzen Rücken an Rücken gegen einen mächtigen Walnussbaum gelehnt. Philipps Laptop gibt ihm den gleichen Anschein zielgerichteter Tätigkeit wie mein Skizzenblock. Das Fehlen jeden Geräusches entlarvt beides als Fassade. In freundschaftlichem Schweigen träumen wir mit offenen Augen in den Tag. Schon die Hand zu heben, um ein Insekt zu verscheuchen, ist zu viel. Von Nordwesten quellen Wolken auf, fallen über den Felsgrat und senken sich ins Tal hinab.*
Ein Nachmittag in Zeitlupe.
Ein Geräusch schreckt mich auf. Roger räuspert sich, hüstelt und entschuldigt sich für die Störung. „Alice und ich schaffen

das Heu nicht alleine in die Scheune. Das Gewitter ist schneller hier." Ich schaue von meinem Block auf. Der Wetterwechsel ist beeindruckend. Philipp klappt den Laptop zu. „Wenn Sie uns das zutrauen!" – „Aber ziehen Sie sich etwas Lang-ärmeliges an, Heu kratzt und juckt!"

Wir kommen in Jeans und Hemden aus dem Haus und fühlen uns „under-dressed". Alice trägt zwar nur einen bunten Kittel, aber darüber eine weite bodenlange Schürze, die Stofffülle in vielfache Falten gelegt und als I-Tüpfelchen einen breit-randigen Strohhut im kecken Winkel auf dem wohlfrisierten Haar. Sie gibt uns zwei Heurechen. Roger fährt auf dem Traktor voran. An allen vier Ecken stechen Stangen in die Luft. Roger fährt auf die Wiese, verteilt großzinkige Heugabeln, lässt den Traktor anfahren und springt dann auf den Anhänger. Während der Traktor im Schneckentempo geradeaus über die Wiese zuckelt, reichen wir mit den Heugabeln das Heu hoch, das Roger auf der Ladefläche verteilt. Kurz vor Ende der Reihe springt er ab, spurtet zur Zugmaschine, wendet den Traktor und springt wieder auf den Anhänger. Wir schreiten hinterher und rechen das Heu zu einer breiten Linie zusammen. Das Wetter ist drückend, die Mücken schwirren aufreizend ums Gesicht. Stumm und konzentriert arbeiten wir Reihe nach Reihe ab. Nach der dritten Reihe wiegen die Heugabeln schon das Doppelte, nach der vierten Reihe spüre ich meine Arme nicht mehr. Alice arbeitet gleichmäßig und stetig. Ihren Rücken vor mir zu sehen gibt mir Durchhaltevermögen. Die schwüle drückende Luft, das Surren der Insekten, das gleichmäßige Tuckern des Traktors, das alles wirkt seltsam hypnotisierend. Nach einer Weile habe ich überhaupt kein Gefühl mehr in den Armen, dafür die seltsame Empfindung, mir selbst beim Arbeiten zuzusehen. Wie eine mechanische Puppe vollführe ich immer die gleichen Bewegungen: einen Schritt nach vorne, Gabel unter die Grasschwaden und mit einer halbkreis-

förmigen Aufwärtsdrehung auf den Wagen, einen Schritt nach vorne … Ich stolpere fast, als Roger den Traktor anhält und unsere kleine Prozession zum Stillstand kommt. Roger hat quer zum Hang gemäht. Auf der letzten Reihe neigt der Traktor sich bedenklich schräg. „Mit dem Anhänger ist es da oben zu gefährlich!" Er zieht eine Handvoll vielfach verknoteter Schnüre aus der Tasche und steigt mit Alice über die letzten Reihen hoch. Wir folgen neugierig. Die beiden Alten breiten die Schnüre nebeneinander aus, rechen eine große Menge Heu darüber und ziehen das Heu mit Hilfe eines Schlüpfknotens zu einem kompakten Bündel. Roger lädt sich das Bündel auf die Schultern und stiefelt bergab. Das Bündel ist sehr groß, Roger eher klein, von hier oben sieht es aus, als laufe dort ein großer Heuballen auf kleinen Igelbeinen. Alice breitet bereits andere Schnüre aus, wir beeilen uns das Heu zusammenzurechen.

Mit den ersten Regentropfen kommt Roger zurück. Er wägt mit einem Blick den Stand der Dinge und die Nähe des Gewitters ab. Dann entscheidet er sich für das aufgeladene Heu. „On y va! Nach Hause!" Er lässt den Traktor an und wendet vorsichtig. Wir werfen die Werkzeuge hoch ins Heu. Am Fuß der Wiese hält Roger an und lässt uns aufsteigen. An die Stangen gelehnt fahren wir hoch auf dem Heu talabwärts.

Im Hof lässt er uns absteigen, Alice stellt sich neben das Scheunentor und dirigiert ihn mit kurzen Bewegungen. Unter dem vorspringenden Dach vor den immer dicker und dichter fallenden Tropfen geschützt, sehen wir zu, wie Roger den Anhänger rückwärts in die Scheune rangiert. Dann springt er aus der Führerkabine, drückt jedem von uns mit einem „Merci beaucoup" die Hand und lädt uns zum Apero ein, aber erst in einer halben Stunde.

Das Jucken, das ich am ganzen Körper spüre, erklärt deutlich weshalb.

Céline

Beinahe hätte ich sie geschlagen! Mathieu wartete im Stall auf sie. Ich habe ihn ihr vorgestellt: „Alice, das ist mein Cousin Mathieu. Er ist aus dem Bugey gekommen um uns zu helfen." Sie hat sich einfach umgedreht und ist gegangen. An der Stalltür habe ich sie eingefangen. „Alice, du wirst mit ihm zusammenarbeiten müssen! Er ist nett, Mathieu!" Sie kämpft sich frei, tritt und schlägt um sich und steht schließlich vor mir, keuchend, die Fäuste geballt und einen erschreckenden Zorn in den Augen. Sie macht mir Angst, da ist soviel in ihren Augen: Zorn, Verachtung, Traurigkeit. „Wir schaffen das nicht mehr alleine, Alice. Mathieu will uns doch nur helfen. Ob dir das nun passt oder nicht, ihr werdet zusammenarbeiten. Ach, er spricht nicht, er ist ein bisschen zurückgeblieben!" Da spuckt sie mir vor die Füße. Bevor ich den Arm hoch habe, hat sie Mathieu an der Hand genommen, ihn zwischen sich und mich geschoben und zieht ihn aus dem Stall. Alice nimmt ihn an der Hand, als sei er das Kind und nicht sie. Gemeinsam ziehen sie mit den Kühen den Hang hoch. Die Stumme und der Stumme. Später stehen sie zusammen auf der Wiese. Alice hat den Gurt der Mäher umgeschlungen. Sie muss zwei Knoten in das breite Lederband machen, damit es überhaupt hält. Der Wetzstein, der im Futteral auf ihrem Rücken steckt, reicht ihr bis kurz unter die Schulterblätter. Sie mäht. Das ist Männerarbeit, ich habe es nie gelernt. Sie mäht mit der Sense und Schwade um Schwade fällt das Gras. Natürlich beschreibt die Sense nur einen kleinen Kreis, aber ihre Bewegungen haben einen schönen Rhythmus und sie ist schier unermüdlich. So bewegen sie sich langsam voran über das Gras, eine seltsame Prozession. Vorne weg das Kind, das die Sense schwenkt wie ein Weihrauchfass, hinterher stolpert der Mann und recht mit unbeholfenen Bewegungen das geschnittene Gras in Reihen. Ab und an bleibt Alice stehen, greift nach dem Wetzstein und schärft die Sense. Die ersten abziehenden Bewegungen sind noch unsicher und ungeschickt, aber sobald das Denken aufhört und der Rhythmus übernimmt, arbeitet sie mit fließenden sicheren Bewegungen. Der Mann Mathieu steht daneben, auf den Rechen gestützt. Wenn das Kind ihm zunickt, richtet er sich auf und wartet auf ihr Signal und dann arbeiten sie weiter. Am Nachmittag kommen sie hinunter und waschen sich Gesicht und Arme am Brunnen. Sie hält ihm das Handtuch hin und wartet, bis er fertig ist.

Wenn es etwas zu Essen gibt, achtet Alice darauf, dass gerecht geteilt wird. Deshalb haben wir uns gestritten. Er ist nicht Jean-Luc und er arbeitet nicht wie Jean-Luc. Aber Alice will nichts davon hören. Sie hat gewartet, bis ich alle Teller ausgeteilt hatte, und dann hat sie einfach seinen und ihren Teller vertauscht. Und sie hat mir bei jedem Bissen starr in die Augen geblickt.

Abends gehen sie hoch, die Kühe holen. Das Melken ist meine Aufgabe. Also gebe ich Alice 2 Eier oder ein paar Kartoffeln und sie läuft nach Hause ihrer Mutter helfen. Mathieu schaut ihr nach, bis sie verschwunden ist, dann geht er ins Aushaus.

Es kommt vor, dass ich Bruchteile eines Augenblickes nicht an Jean-Luc denke, dann bin ich versucht, die Hand zu heben gegen Mathieu. Er kann nichts, nichts kann er. Alles muss man ihm erklären, er ist schlimmer als ein kleines Kind. Und an die Tiere traut er sich nicht heran, als hätte er Angst vor ihnen. Ich habe einen Sohn, er ist groß und stark, er ist geschickt und gewandt in allen Arbeiten. Den hat man mir genommen und an seiner Stelle ist nun dieser da, den ich Mathieu nenne. Doch wenn ich mich wirklich vergesse und ihn anschreie, ist sofort Alice da, stellt sich zwischen uns und zieht ihn weg. Sie kann nichts wissen von meinem Pakt und doch hilft sie mir, ihn zu erfüllen. Gütiger Gott, gib mir Kraft, gib mir Stärke, dass ich mich nicht gegen ihn wende, auf dass sich niemand gegen Jean-Luc wendet.

Katharina

Das Verdikt fand ich in seiner Pauschalisierung wenig schmeichelhaft, den Vorschlag interessant. „Fahren Sie doch mal nach Chesry, da findet ein Fest der Erntemaschinen statt," hatte der Wirt vorgeschlagen und spöttisch hinzugefügt: *„Touristen stehen doch auf diesen romantisierenden alten Krempel."*

Es ist so heiß, dass an Arbeiten eh nicht zu denken ist, also setzen wir uns ins Auto. Dem Ort selber fehlt jeder Charme. Das Fest findet auf den großen, völlig ebenen Wiesen am Ortsrand statt, direkt hinter der modernen Mehrzweckhalle und dem Sportkomplex. Das ist sicherlich praktisch gedacht, was die Sanitär- und Parkmöglichkeiten angeht, aber die anonymen modernen Gebäude stehen in einem seltsamen Widerspruch zu den alten Maschinen. Auf dem Ehrenplatz am Eingang der Festwiese steht die „Batteuse", die dampfbetriebene Dreschmaschine, eine riesiges Monstrum, dessen Schatten von den Neugierigen dankbar angenommen wird. In regelmäßigen Abständen stellt der Bezwinger dieses technischen Urwelttieres den Motor an. Die Maschine faucht, keucht und dann stößt Dampf aus; erst unendlich langsam, dann immer schneller, setzen sich Zahnräder in Bewegung. Breite Lederriemen übertragen diese Bewegung, ölglänzende Kolben stoßen auf und nieder, Erwachsene und Kinder sammeln sich um dieses Ungetüm. Ein Helfer füllt Getreidegarben in den Trichter, Spreu stiebt auf, das Korn rieselt in einen Jutesack, das leere Stroh wird ausgeworfen. Wenn er genug Publikum angelockt hat, hält der alte Mann die Maschine an und steigt auf einen der modernen Strohballen, die überall als Begrenzungen liegen. Er erzählt, wie diese Maschine die Erntearbeit erleichterte, wie man damals mit der Maschine von Hof zu Hof, von Dorf zu Dorf zog, wie der Reichtum und das Ansehen eines Bauern daran gemessen wurde, wie lange er die Batteuse beschäftigen konnte. *Hinter dem großen Ungetüm stehen kleinere Schwestern, stumm, nicht so gut gepflegt, wahrscheinlich nicht funktionsfähig. Dahinter auf einem Spezialgefährt, ein Alambic, ein Kessel zum Alkoholbrennen. Auch hier gibt es eine kleine Einführung in die Kunst des Schwarzbrennens. Offensichtlich ist der Grund für die Mobilität des Gerätes, dass es jede Nacht an eine andere versteckte Waldlichtung gebracht wurde. Wobei die ortskundigen Schwarzbrenner den oft aus anderen Landesteilen hierhin versetzten Kräften der Ordnung natürlich immer eine Nasenlänge voraus waren. Hinter dem Alambic kommt die Reihe der „Oldtimer", Traktoren als Zeitreise. Das Spektrum reicht vom Modell der Jahrhundertwende, vom Besitzer selbst zusammengebaut, bis zum modernen Hochleistungsgerät. Es gibt sogar einen Traktor mit Holzvergasungsmotor. Die älteren Modelle sind alle offen, der Sitz oft nur eine Metallschale ohne Polster. Ein alter Traktor ist so mit Vogelkacke zugedeckt, als habe er bis gestern noch unentdeckt in einer Scheune gestanden. Neben einen stumpf blaugrauen Modell mit pockennarbigem, handgeschriebenem Nummernschild schildert der Besitzer gerade, wie er über die Passstraße des Col de la Faucille gekommen sei, mit Tempo 20, den ganzen Weg, aus seinem Jura-Dorf. Mehrere alte Männer gehen in Grüppchen um die Traktoren herum. Hier streichelt eine Hand einen Kotflügel, fährt über ein Stück der Karosserie. Da wird eine Motorklappe hochgestellt und eine kurze Diskussion entbrennt, bevor sie zum nächsten Modell weitergehen. Rechts davon auf der Wiese zwischen alten Apfelbäumen hat die „Amicale des Pompiers", der*

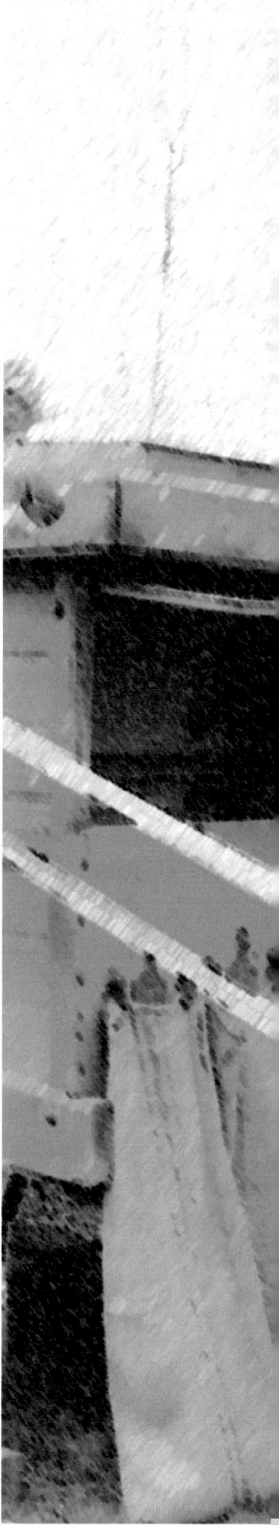

Freundeskreis der freiwilligen Feuerwehr, eine „Buvette"
eingerichtet. An diesem Stand gibt es „Steak-Frites" und kalte
Getränke. Auf einem Campingtisch daneben, im Schutze
mehrerer Sonnenschirm, verkauft der Sou des écoles, die
Schulorganisation, selbstgebackene Kuchen. Wir schlendern
weiter. Am Rand der Wiese sind Gehege abgezäunt. Dicht von
Kindern umlagert dösen, grasen, hoppeln, meckern und
schnattern diverse große und kleine Haustiere: Esel, Ziegen,
Schweine, Hasen, Enten und Hühner. Die Gesichter an den
Zaun gedrückt, die Hände durch die Maschen gestreckt,
versuchen die Mutigsten der Kinder eines der Tiere zu streicheln
oder, wenn das nicht geht, es wenigstens in die Finger zu
bekommen. Das sorgt für aufgeregtes Gekreische auf beiden
Seiten des Zauns und für viel Gelächter.
Auf einem abgegrenzten Feld im Anschluss an die Wiese ist
das Wettpflügen angekündigt. Alte Männer stehen neben den
Köpfen ihrer Pferde, tätscheln den Hals, überprüfen noch
einmal das Geschirr, heben einen Huf hoch, bevor sie die Zügel
an einen hinter dem Pflug stehenden jungen Mann abgeben.
Eine kurze Bewegung mit dem Zügel, ein Schnalzen, gehorsam
ziehen die Pferde an, stemmen sich ins Geschirr. Der Pflüger
senkt die Pflugschar in die Erde, die alten Männer gehen
kritisch in der Spur hinterher. Gelegentlich rufen sie dem
Pflüger etwas zu, der dann die Richtung oder das Tempo
korrigiert. Plötzlich ist es einem der alten Herren zuviel. Er
beschleunigt den Schritt, nimmt dem Pflüger energisch die
Zügel ab und stellt Pferd und Pflug wieder in eine gerade Linie.
Als habe er damit ein geheimes Signal gegeben, löst einer nach
dem anderen der älteren Männer die jungen Pflüger ab. Manche
kopfschüttelnd, manche nur ernst auf ihre Aufgabe
konzentriert, bringen sie die Reihe zu Ende, wenden auf dem
Ackerrain und kehren in einer genau parallel laufende Furche
zurück. Der Anblick dieser neun aufgereihten Gespanne, der

Mensch-Tier-Paare, die so gut aufeinander eingespielt scheinen,
ist von archaischer Schönheit. Die Männer sind alt, die Pferde
auch. Plötzlich ist da eine große Traurigkeit.

Alice ist eine strenge Lehrmeisterin.
Sie breitet die Schnüre aus, lässt ihn das
Heu darauf sammeln, zeigt ihm, wie er den
Knoten schnüren und zuziehen muss und
lässt ihn alles wieder aufmachen, wenn sie
nicht zufrieden ist. Sie belädt ihn wie einen Lastesel und er trägt
das Heu zur Scheune. Ich weiß gar nicht, was wir mit dem ganzen
Heumachen sollen. Die Deutschen haben uns die guten Kühe
weggenommen und wir ernten Heu im Überfluss. Wenn die Beiden
nicht im Heu sind, hacken und häufeln sie mit mir im Kartoffelacker.
Wie ein Hund läuft er hinter ihr her und macht ihre Bewegungen
nach. Seine Hände hat er mit Stoffstreifen umwickelt, aber
manchmal bluten sie durch, die Blasen. Dann wickelt Alice die
Stoffstreifen ab, wäscht die Handflächen und trägt eine Pomade
von ihrer Mutter auf. Es sieht so aus, als spiele sie mit einer großen
lebenden Puppe. Wenn die anderen Kinder in die Schule gehen,
sammelt Alice morgens alle Kühe ein. Hélène meint, sie sei ja noch
so jung, sie habe noch Zeit mit der Schule. Aber so, wie sie über
die verstaubten Kekse des Maréchal Petain lästert, über den
Versuch, Kinder mit einem Keks und einem Glas Milch zu bestechen,
ist Alices Alter sicherlich nicht der wahre Grund. Mir ist beides
recht, so lange Alice mir hilft.

Mittags kommen sie dann nicht zum Essen zurück. Alice steht
morgens in meiner Küche und zeigt stumm auf die Sachen, die sie
einpacken will: ein Stück Brot, ein Stück Käse, drei Pellkartoffeln.

Céline

Wenn ich nicke, legt sie sie auf ihr Tuch, schlägt die Ecken übereinander und knotet sie fest zu. Dann reicht sie das Bündel an Mathieu. Gemeinsam gehen sie in den Stall, machen die Kühe los und treiben sie vor sich her.

Ich weiß nicht, wer von den beiden die Idee hatte, aber bei jedem Auftrieb schneiden sie Dornenzweige und grenzen den Weg so ab. Inzwischen finden die Kühe den Weg von alleine. Jeder geht auf seiner Seite des Weges, die Körper nach außen geneigt. Sie können nicht reden miteinander. Was machen sie den ganzen Tag?

Katharina

Roger ist so empört, dass er nach dem Klopfen nicht auf das „Entrez" warten kann. Mit „Macht Euch keine Sorgen!" stürzt er herein. „wir haben diesem Bürgermeister schon Bescheid gesagt. Nur weil die Idee von Napoleon ist, muss sie noch lange nicht gut sein. Jedenfalls nicht für uns hier!" Spricht's und ist schon wieder weg.

Ich laufe ihm nach, Alice steht in der Haustür und trocknet sich die Hände ab. „Was ist denn los? Wir waren den ganzen Tag nicht da." – „Wir haben kein Wasser im Haus, ich war gerade am Brunnen." – „Die haben vergessen, unser Reservoir aufzufüllen." Roger betont das „vergessen" und schnaubt dabei. „Ist ja gut, Roger! Wir haben schon alles in die Wege geleitet. Bleiben Sie auf ein Glas?" Wir waschen uns die Hände in einer Emailschüssel und setzen uns in die Sonne. Die Geschichte ist lang und kompliziert, wird aber mit viel Feuer und Empörung vorgetragen. Anscheinend waren Bellefontaine und Grelley in grauer Vorzeit selbstständige Dörfchen, bis sie durch einen Verwaltungsakt Napoleons zu einer Gemeinde zusammengefasst wurden. Sitz der Mairie ist Grelley.

Ich rechne nach und komme auf ungefähr 200 Jahre Geschichte, aber hier scheint man ein gutes Gedächtnis zu haben. Jedenfalls haben beide Gemeinden seit dem Tag der Zusammenlegung diese Tatsache heftig verabscheut. Danach wird Rogers Darstellung etwas kompliziert, denn offensichtlich hatten einige mehr oder weniger gut durchdachte Änderungen in der Verwaltungs- und der Infrastruktur in den 70er Jahren dazu geführt, dass das Wasser von Bellefontaine erst im Tal in das kommunale Netz eingespeist wird, dann wieder zurückgepumpt wird in ein Reservoir oberhalb des Ortes, um erst dann den Bewohnern zur Verfügung zu stehen. In sehr heißen Sommern muss die Durchflussmenge erhöht werden, was wohl ab und zu vergessen wird. Meist, wenn die Gemeinderatsmitglieder aus Bellefontaine nicht so abgestimmt haben, wie der Bürgermeister es wollte, wenn man Roger glauben darf.

Wir schauen uns an, haben das Gefühl, hier wird für uns Kabarett gespielt, aber Roger ist schon einen Schritt weiter. Er fordert mit viel Verve die Unabhängigkeit Bellefontaines von Grelley. Es lebe das geeinte Europa! Es lebe das freie Bellefontaine.

Ohne Wasser sind wir „gezwungen", Essen zu gehen. Wir begrüßen den Wirt. Bevor er antworten kann, gibt es einen kleineren Aufruhr an der Theke. Roger winkt uns zu sich. Er will bestätigt haben, dass wir auch für ein freies Bellefontaine sind. Wir weisen daraufhin, dass wir noch nicht einmal Wahlrecht haben. Seine Copains sind schon recht erhitzt. Es werden jahrhundertealte Geschichten ausgegraben, es geht um Fischerei und Waldrechte. Offensichtlich hatte vor der Revolution die hiesige Adelsfamilie in einem Testament verfügt, dass die Einkünfte aus den Fischereirechten der Ausbildung eines Kindes aus Grelley, die Einkünfte aus der Forstwirtschaft *eines bestimmten Waldes aber für eines aus Bellefontaine bestimmt waren. Diese Rechte haben die Revolution, das Schreckensregime, Napoleon und zwei Weltkriege unangefochten überstanden. In den 70er Jahren hatte dann ein Bürgermeister versucht, den in Frage stehenden Wald zu verkaufen und damit die ersten Unabhängigkeitsbestrebungen ausgelöst. „Und wie war das, damals mit unserem Wald?" – „Eh, Roger, bleib ruhig! Ihr habt doch gar keine Kinder mehr in Bellefontaine." – „Das ist eine Frage des Prinzips!" Ich beobachte die alten Männer an der Theke, die Leidenschaft mit der sie das Thema diskutieren. Ab und zu gießt der Wirt ein Glas nach und beobachtet mich und mein stilles Beobachten Er zwinkert mir zu und gibt uns ein Zeichen, dass wir zum Tisch kommen können. Wir verlassen die erhitzte Debatte. Irgendwie hatte ich erwartet, dass auch noch Jean d'Arc auftreten würde, aber die hat heute wohl frei.*

Der Wirt bringt uns ein Forellenfilet, leicht angeräuchert und absolut köstlich. Danach einen kleinen Hasen mit Backpflaumen und zum Schluss ofenwarme Rissolées, köstliche Teigtaschen, die mit gedünsteten Birnen gefüllt sind. Wir kehren in so milder Stimmung nach Hause zurück, dass wir Napoleon den Wassermangel verzeihen.

Céline

Hélène kommt zu mir, sie schließt die Küchentür und die Fenster und schaut mich ernst an. „Er kann nicht bleiben. Er bringt uns alle in Gefahr!" – „Ich weiß nicht, wovon du redest!" – „Dein Cousin, Céline! Die Deutschen suchen einen Deserteur." – „Das ist mein Cousin Mathieu!" – „Hat er Papiere, Céline?" – Natürlich hat er Papiere und eine Marke und eine Uniform und ich bete zu Gott, dass keiner das Versteck findet. Aber für Hélène muss ich lügen und den Kopf schütteln. „Jules sagt, die Deutschen wollten nach dem Feuer einen Befehlsverweigerer erschießen, im Steinbruch über Echerans. Aber dann hat es einen Unfall gegeben und jetzt liegt auf der anderen Seite der Berge ein ausgebrannter Kübelwagen im Wald. Und die Deutschen suchen einen Soldaten, der seit diesem Unfall verschollen ist. – „Das ist mein Cousin Mathieu!" –„ Sie haben auf der anderen Seite schon mehrere Dörfer durchsucht. Und wenn sie ihn finden, werden sie den Hof, vielleicht das ganze Dorf abbrennen!" – „Das ist mein Cousin Mathieu! – „Céline, das ist nicht dein Cousin! Nicht mit dem Haarschnitt! Céline, was soll das? Nach allem, was die Deutschen uns angetan haben, warum bringst du uns in Gefahr für so einen?" – „Jean-Luc, Hélène." Natürlich versteht sie nicht. „Er ist mir von Gott gesandt worden, für Jean-Luc." Ich sehe, dass sie noch immer nicht versteht. „Ich könnte es nicht ertragen, wenn Jean-Luc etwas zustoßen würde, Hélène. Deshalb passe ich auf diesen Deutschen auf, damit Gott auf Jean-Luc aufpasst. Du darfst ihn mir nicht wegnehmen. Ich könnte es nicht ertragen." Statt einer Antwort nimmt sie mich nur ganz fest in den Arm. Weshalb ich weine, weiß ich. Weshalb Hélène weint, weiß ich nicht.

Hélène hat recht. Wenn auch nur der Verdacht aufkommt, dass Mathieu nicht zu mir gehört, bringe ich alle hier in Gefahr. Ich brauche die alte Juliette.

Der Menschenfresser hat mich eine Hexe genannt! Aber Juliette ist wirklich eine! Ich habe ihre Kinder noch nie lachen gesehen! Ganz verhuscht sind die, Gesichter wie Mäuse, spitz und große hungrige Augen. Die Leute sagen, dass Juliette früher alleine durch den Wald gehen konnte, weil sogar die Wölfe Angst vor ihr hatten. Heute rennt sie jeden Tag zur Beichte, sie wird wissen weshalb.

Sie mag mich nicht. Auf dem Weg zur Kirche gehe ich neben ihr, seufze ein paar Mal tief und halte sie dann an. „Juliette, du darfst es niemanden weitererzählen! Versprichst du mir das?" Dann erzähle ich ihr von meinem Cousin Mathieu, den die Deutschen zusammengeschlagen haben und der sich zu uns geflüchtet hat. Ich bitte sie, niemanden etwas zu erzählen. Nun wird sich im Dorf keiner wundern, dass ein fremder Mann auf unserem Hof arbeitet. Ich muss aufpassen mit dem Lügen, es fängt an mir zu gefallen.

Katharina

Die vielfach ausgefransten Täler des Jura sind trügerisch. Auf der Wanderkarte stellen wir fest, dass „unser" Restaurant „Le Collège" zwar 10 Autominuten und viele Kurven und Abzweigungen von Bellefontaine entfernt ist, aus der Vogelperspektive aber nur jenseits des Berges liegt. Wir finden einen vielversprechenden Weg auf der Karte, ein Bachtal hoch und den Hang auf der anderen Seite wieder hinunter - voilà! Die Markierung des Weges als örtlicher Wanderweg lässt hoffen, dass er wirklich find- und begehbar ist.
Der Weg taucht ein in einen lichten Laubwald. Durch den Bach ist es angenehm kühl unter den Bäumen. Große Steine begrenzen den Weg zur Bachseite, die Hangseite wird gelegentlich mit kleinen Stützmauern abgefangen. Der Weg wechselt die Bachseite, im Wasser liegen große flache Trittsteine. Kleine Bäche münden von der Seite, nicht ohne vorher den Weg in einen Morast verwandelt zu haben. Die schnell wechselnden Spiele von Licht und Schatten, die das fließende Wasser gegen die Unterseiten der Äste wirft, schaffen eine trügerische Leichtigkeit. Einen Elfenzauber, der durch die vielfältigen Geräusche des Bachtales noch verstärkt wird. Es ist märchen-

haft! Bis der Drache auftaucht. Zuerst können wir ihn nur hören. Ein gequälter langanhaltender Schrei, als würde rostiges Eisen von Riesenhänden verbogen. Es ist beunruhigend nah. Dann ein weiterer Schrei, dieser etwas rhythmischer, als hole ein asthmatischer Drache hustend Luft. Der menschliche Schrei, der kurz darauf folgt, klingt allerdings nicht nach Prinzessin in Not. Da ist mehr Zorn als Angst im Spiel, und wenn wir die Worte auch nicht verstehen, so ist die Sprachmelodie doch sehr eindeutig. Wir haben es hier mit einem erkälteten Drachen und einem frustrierten Ritter zu tun. Bei der nächsten Kurve spähen wir durch die Zweige. Und wieder wirkt der Elfenzauber des Tales, indem er Drachen samt Ritter und Prinzessin zurückverwandelt. Schade! Was wir vorfinden, gestrandet zwischen zwei Bächlein, ist eine verzweifelte holländische Familie mit einem halsstarrigen Esel. Die Frau ist den Tränen nahe, der Mann der Tierquälerei. Nur die zwei kleinen Kinder spielen vergnügt im knöcheltiefen Wasser des Bächleins.

Den Schilderungen der Frau nach sind wir auf einen kleinen Trupp von Ausgesetzten gestoßen, Verdammte, die ein grausames Schicksal an die Gestade dieses unüberwindbaren Wassers gespült hat. Ein tiefes, reißendes Wasser vor ihnen, ein tiefes, reißendes Wasser hinter ihnen, das zu überqueren sie schon die letzten Kräfte gekostet hatte, seien sie nun dazu verurteilt auf ewig hier zu bleiben, bis dass der drohende Winter und ein elender Tod diesem unwürdigen Dasein ein Ende bereiten würde. Ob wir bereit wären, wenigstens

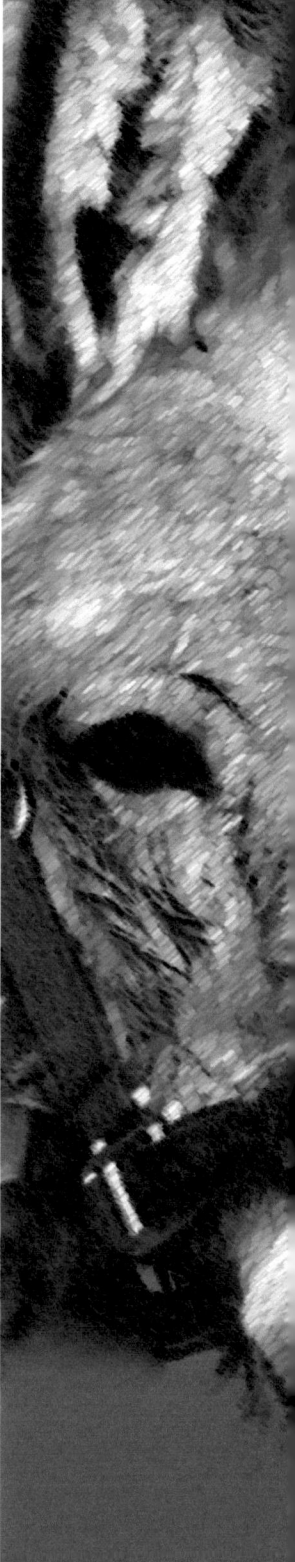

diese unschuldigen Kinder zu retten und ihnen ein neues Zuhause zu geben? Den Schilderungen des Mannes nach hatten sie den Esel für eine mehrtägige Wanderung von Hütte zu Hütte gemietet und eben feststellen müssen, dass dieses Tier nicht über fließendes Wasser geht. Die holländische Sprache scheint über farbige Ausdrücke für unwillige Tiere zu verfügen. Die Beschreibung der Anstrengung, den Esel über das erste Bächlein zu zwingen, wird immer wieder von diesen Ausdrücken unterbrochen. Wir hätten an diesem Tag viel Holländisch lernen können, vielleicht nicht das Feinste, aber sicherlich das Originellste. Der Esel, Ursache all dieser Bemühungen, steht derweil freundlich desinteressiert daneben, ein hübsches Tier, groß und schlank, dunkelgrau mit dem schwarzen Aalstrich auf dem Rücken. Die dunklen Augen schauen unschuldig, von langen Wimpern umrahmt, die Ohren spielen vor und zurück, als wolle er durch sein bloßes Aussehen die Erzählungen Lügen strafen. Ein Ledergeschirr um Brust, Nacken, Bauch und Kruppe hält ein hölzernes Tragegestell an seinem Platz, darauf liegt ein Lederkissen, rechts und links festgezurrt sind jene großen geflochtenen Tragetaschen, die man mit einem Urlaub auf Ibiza in Verbindung bringt. Das sei ja das Schöne an dieser Art des Wanderurlaubs, erklärt der Mann. Der Esel trage Proviant und Ersatzkleidung und bei Bedarf sogar müde, quengelnde Kinder. Dafür erhalte er Streicheleinheiten, die Apfelreste und abends an der Hütte ein Lager mit Heu und Stroh. Nur dass sie diese Hütte nie erreichen werden. Er gibt uns die Karte des Veranstalters, ob wir bei Erreichen der Zivilisation dort eventuell anrufen und Hilfe anfordern können. Philipp hatte in der Zwischenzeit mit dem Führungsseil herumgespielt, war ein paar mal über den kleinen Bach hin- und hergesprungen, hatte den Abstand zwischen zwei Bäumen mit Schritten abgemessen. Die holländische Familie scheint dieses Verhalten ebenso irritierend zu finden wie das des Esels.

Schließlich nimmt er dem Esel das Gestell ab, knüpft alle Seile und Bänder zusammen, „Darf ich mal", und legt sie in einer großen Schlaufe zwischen zwei Bäumen über den Bach. Der Esel wird im Mittelpunkt der Schlaufe positioniert, da er noch einen Schritt vom Wasser entfernt ist, lässt er sich willig führen. Jeder Erwachsene bekommt seinen Posten zugeteilt. Die Männer bekommen die Seilenden. Durch die Führung um die Bäume soll das Seil wie ein Flaschenzug wirken und den Esel über den Bach bringen. Die Frauen bekommen die wenig schmeichelhafte Aufgabe den Esel zu „destabilisieren". Das heißt, wir sollen ihn auf ein Kommando hin nach vorne schubsen und dabei gleichzeitig das Seil oberhalb der Sprunggelenke positionieren. Zum Glück scheint der Esel keine Tendenz zum Ausschlagen haben. Als wir ihn heftig anrempeln, macht er einen verdutzten kleinen Sprung nach vorne. Die Männer ziehen im gleichen Moment das Seil an, der Esel wird nach vorne katapultiert, landet zu seiner eigenen Verblüffung mit vier Beinen im Wasser und rettet sich mit einem beherzten Sprung ans andere Ufer. Dort fängt er sofort an zu fressen, ein Philosoph unter den Eseln. Er scheint auch nicht nachtragend zu sein, denn er lässt sich ohne Probleme wieder bepacken. Unter großem Händeschütteln und Schulterklopfen machen sich die Holländer auf den Weg. Wir verraten ihnen nicht, dass noch vier Bächlein und eine Furt auf ihrem Weg liegen.

Im „Collège" schildern wir die Missgeschicke der Holländer und erhalten wortlos das Telefon hingestellt. Auf der anderen der Seite der Leitung ist man nicht sehr überrascht und verspricht in ein paar Minuten da zu sein. Wenig später hält ein Kleintransporter mit einem farbenfrohen Gemälde auf den Seiten vor der Tür. Vor einer prächtigen Jurakulisse steht eine Gruppe Esel knietief im Gras, aus dem blaue Enziane leuchten, das ganze eine hübsche Darstellung des lautmalenden Wortspiels Genti'âne, das sowohl „sanfter Esel" als auch

Enzian bedeuten kann. Ein kräftiger Klaps auf den Hintern würde die meisten Kommunikationsprobleme mit Eseln lösen, erklärt uns der nette junge Mann, der aussteigt. Aber wehe, Papi würde die Hand heben gegen ein Tier, das so lieb ist und so schöne Augen hat und so treu blicken kann. Familien mit kleinen Kindern seien immer zu zimperlich und Esel nun mal intelligent. Er habe schon Familien erlebt, die nach 10 Minuten ohne den Esel zurückkehrten. Der lag gemütlich auf dem Weg und machte Siesta – bis er seinen Herren erblickte. Er habe allerdings auch schon Familien erlebt, die bei der Rückkehr nicht mehr mit dem Ernährer der Familie sprachen, weil dieser sich angeblich als brutaler Tierquäler entpuppt hatte. Wo die Holländer denn nun festsäßen. Wir breiten die Karte aus und zeigen ihm, wo wir sie zurückgelassen haben. Er grüßt mit zwei Fingern an der Kappe und verschwindet.

Der Wirt lässt uns in den Speisesaal, mittags ist nur wenig Betrieb, es sind nur drei Tische besetzt. Wir nehmen unseren Kir mit, der Wirt diskutiert mit Philipp den Wein. Die Wahl der Gerichte wird dadurch erleichtert, dass es nur ein Mittagsmenu gibt, das aber zu einem unschlagbaren Preis. Zwischen zwei aufgeplusterten Kissen aus Blätterteig liegen in Butter angebratenen Pilze, mit viel Petersilie und Knoblauch gewürzt. Als Hauptgang kommt eine kleine dicke Wachtel, mit Trauben gefüllt und in ein Nest aus Couscous, Rosinen und Safranmöhrenscheibchen gesetzt. Beim Käse können wir nicht widerstehen, doch beim Nachtisch rät uns die Vernunft, auf die Crème brulée zu verzichten und das Cassis-Sorbet zu wählen. Danach ist uns eher nach Siesta zu Mute und die ersten Schritte bergauf fallen uns nicht ganz leicht.

Als wir so am späten Nachmittag sehr gemächlich nach Hause wandern, sind die Holländer fort.

Juliette fängt mich ab auf dem Weg und funkelt mich an. „Du weißt genau, wovon ich rede! Von Fleischeslust!" Ich lache ihr ins Gesicht. Kann nicht mehr aufhören, in meinen Kopf ein fast irres Gefühl von Leicht-

Céline

Sein, Fliegen-Können, ich glaube, das ist die Müdigkeit. Juliette wird zorniger: „Das schickt sich nicht! Eine verwitwete Frau, allein, mit einem jungen Mann! Mit so einem jungen Mann!" Aha, das ist ihr auch aufgefallen. „Juliette, es ist mein Cousin und er ist nicht richtig im Kopf!" – „Das heißt doch gar nichts! Schick ihn weg! Soll er woanders arbeiten! Wenn Didier gesund wäre, würde er schon für Ordnung sorgen." Der Gedanke erstickt alle Leichtigkeit in meinem Kopf. Ich gehe weiter und Juliette läuft zur Beichte. Der Pfarrer geht und der Alte ruft mich hoch. „Du Schlampe! Hure! Dein Mann ist noch kein Jahr tot und du hast einen Buhlen!" Auf Juliette ist Verlass. Ich betrachte ihn, wie er so daliegt. Von seinem eigenem Körper geschlagen und vernichtet, Bosheit in einer vertrockneten Hülle „Das ist mein Cousin, er hilft bei der Arbeit auf dem Hof! Es ist ja sonst niemand da!" Er beginnt zu schreien, zu toben. Er schafft es fast, auch dies Unglück als meine Schuld hinzustellen. Hätte er nicht nur Angst und Furcht in seinen Kindern gesät, wäre Gilles vielleicht nicht zu den Soldaten gegangen. Hätte er nicht jedes bisschen Verstand aus Gilles herausgeprügelt, wäre alles anders gekommen. Er konnte ja gar nicht schnell genug einrücken. Als Soldat, und dann später, als Partisan. Partisan, weil er seinen Vater nicht ertragen konnte. Er wollte den Helden spielen, einmal in seinem Leben wollte er etwas richtig machen, wollte etwas tun, womit sein Vater zufrieden sein würde. Und da hat er auf die Deutschen geschossen, oben im Wald. Und jetzt haben wir kein Pferd mehr und die guten Kühe sind auch weg. Gilles ist tot und Jean-Luc verschleppt nach Deutschland, für die Kühe, und für den Endsieg. Dabei hat er noch nicht mal getroffen, armer Idiot, der er war.

Der Alte hat sich verschluckt, er hustet und würgt, sein ganzer Körper verkrampft sich. Ich könnte ihn einfach krepieren lassen. Es wäre so einfach. Ich brauche mich nur umzudrehen und zu gehen. Es ist ihm noch nie der Gedanke gekommen, dass er mir völlig ausgeliefert ist in seiner Hinfälligkeit. Es ist mir noch nie der Gedanke gekommen, dass er mir völlig ausgeliefert ist in seiner Hinfälligkeit. Ich richte ihn auf, halte ihn, bis sein Atem ruhiger geht, dann lege ich ihn wieder ab. „Wenn du das nicht willst, kannst du ja deine Töchter zurückrufen." Deine Töchter, die nicht schnell genug weggehen konnten. Ich habe sie nie kennen gelernt. Keine hat auch nur einmal geschrieben oder ist zu Besuch gekommen. Selbst jetzt, wo es in der Stadt knapp wird, wo jeder sich erinnert an Verwandte auf dem Land, die vielleicht ein paar Kartoffeln haben, da melden sie sich nicht. Nur mein Cousin Mathieu, der ist gekommen, als ich ihn brauchte.

Katharina

Alice ist ein Engel. Sie sitzt mit einer Schüssel Erbsen vor der Haustür und palt sie aus. Ich setze mich dazu und wir schälen gemeinsam die glänzend grünen Erbsen aus ihren Schoten. Vom Gemüsegarten kommen wir auf den Kräutergarten, von den Küchenkräutern auf die Heilkräuter und plötzlich erzähle ich ihr von meinem Projekt. Sie versteht sofort, was mir vorschwebt. Und dann erzählt sie von ihrer Mutter, die ein großes Wissen um Heilkräuter besessen hat. Ihre eigenen Kenntnisse seien wirklich nur Bruchstücke dessen, was ihre Mutter wusste. Zusammen gehen wir die Namen der Pflanzen durch. Zuerst in ihrem Kräutergarten, dann auf der Wiese hinter dem Haus.

Sie ist eine wunderbare Lehrerin. Und sie ist freigebig. Oft bin ich bei meinen Recherchen auf Ablehnung und Aggression gestoßen. „Das alte Zeug" wurde das eigene Nicht-Wissen oder Vergessen überspielt. Dann kam ein Erkennen dessen, was man vielleicht besessen und verloren hat und damit der Zorn auf die Fragende. Von da war es dann nur noch ein kleiner Schritt zu Beschimpfungen und gelegentlichen Rempeleien. Sie taten mir Leid, wie Enterbte, denen aufgeht, was sie verloren hatten.

Auf der anderen Seite dagegen, wenn ich jemanden fand wie Alice, der bereit war den Schatz mit mir zu teilen, entstand eine fast übermütige Komplizenschaft und wir rafften und sammelten zusammen, was mein Notizbuch halten konnte. Am Ende solcher Nachmittage kam ich mir vor wie eine Archäologin, die einen Schatz geborgen hat.

Als ich vorschlage, den alten Herren zu besuchen, um zu sehen, was er beitragen könne, weicht sie aus. „Mathieu? Das ist doch nur ein Mann! Der versteht nichts davon." Auf den Einwand, dass er als Bauer doch sicher einige Pflanzen kennen müsse, wird sie plötzlich abweisend. „Lassen Sie Mathieu in Ruhe. Er will nichts mit Ihnen zu tun haben!" Und sie lässt mich einfach stehen.

Mathieu. Jetzt hat er einen Namen.

Die Deutschen sind da. Es ist noch nicht hell. Zwei Kübelwagen stehen quer über den Weg, der Rest nebenan auf der Wiese. Sie gehen von Haus zu Haus. Sie schlagen gegen die Türen, verlangen die Papiere zu sehen. Der Offizier spricht Französisch, er ist sehr höflich.

Céline

Sie kontrollieren die Identitätskarten. Bei Hélène bleiben sie lange stehen. Sie fragen viel, ich sehe Hélène nur einsilbige Antworten geben oder die Schultern zucken. Alice ist nirgendwo zu sehen. Der Offizier fängt an, mit den Handschuhen gegen seine Hose zu schlagen. Mit einer Kopfbewegung schickt er zwei Soldaten in Hélènes Haus. Dann kommen sie zu uns. In meinem Kopf läuft wie eine endlose Litanei der Gedanke: Sie dürfen ihn nicht finden. Ich habe meine Karte und auch die des Alten herausgesucht. Sie wenden die Karten hin und her, reden untereinander, lachen. Schließlich hält der Offizier mir die Papiere wieder hin und fragt: „Na, ist Ihr Mann immer noch der Held des Dorfes?!" Ein zweiter Satz fügt sich in die Jean-Luc-Litanei: Sie dürfen ihn nicht finden! Ich darf mich nicht provozieren lassen. „Und ganz alleine seither?" Die Litanei blendet fast alles andere aus. „Keinen neuen Helden gefunden?" Ich darf mich nicht provozieren lassen. Stumm trete ich von der Tür weg. Er lacht nur. „So dumm werden Sie ja wohl nicht sein! – Was ist das da drüben?" Er zeigt auf das Aushaus „Da hat der Schwiegervater gewohnt, bevor er krank wurde." – „Achja, der Vater des Helden!" Sie dürfen ihn nicht finden! „Aufmachen!" Ich öffne die Tür. Es stinkt nach Moder und Mäusedreck. Die zwei Räume im Erdgeschoss sind schnell kontrolliert. Er begutachtet die Treppe. Das faulende Obst in den Kisten, alles ist mit Staub und Spinnweben bedeckt. „Französischer Schweinestall!" Er geht hinaus zum Brunnen. Beim Anblick des dünnen trüben Rinnsals bellt er einen Satz. Einer der Soldaten läuft los. „In die Scheune!" Meine Hände krampfen sich in der Schürzentasche zusammen. Die Leiter lehnt nach links an den Heuboden. Außer Sonnenstäubchen ist nichts zu sehen. Der Offizier hebt das Kinn, ein Soldat turnt die Leiter hoch, ein anderer reicht ihm die Heugabel nach. Wahllos sticht der Soldat in das aufgeschichtete Heu. Irgendwann zuckt er mit den Schultern und kommt zurück. Sie durchsuchen den Stall, öffnen die Futterkisten, stechen mit Messern oder Heugabeln in das lose Getreide. Wie soll sich jemand darin verstecken, er würde doch ersticken! Dann ist es vorbei. Der Offizier hebt die Hand in Schulterhöhe und grüßt spöttisch. Und dann sind sie weg.

Ich bin sicher, dass die Leiter nach rechts gelehnt war.

Es ist noch nicht vorbei. Am Nachmittag kommt ein anderer Wagen. Es sind Deutsche, aber keine Soldaten Sie untersuchen den Brunnen, durchkämmen den Wald, schreiben Dinge auf. Zurück lassen sie – in weißer Farbe auf der Brunnenwand – die Buchstaben „KEIN TRINKWASSER".

Das Wetter ist einfach zu schön zum Arbeiten! Wir nehmen Rogers Traktorweg durch die Wiesen. Das Gras steht hoch, durchtupft in Gelb- und Rosatönen. Am Waldrand stoßen wir auf **Katharina** *einen anderen Weg und folgen ihm bergauf durch die lichten Buchenwälder. Rechts und links wachsen die Blaubeerbüsche bis an den Weg. In feuchten Mulden rollen Farne ihre Bischofsstäbe auf. Wir folgen einem steilen Einschnitt im Berg. Es sieht eher nach dem Bett eines Sturzbaches aus als nach einem Wanderweg. Als wir keuchend aus dem Wald treten, liegt eine „Combe" vor uns, eine große Wiesenkuhle unter einer Felswand. Auf einem kleinen Hügel steht ein Mann in Dunkelgrün. Er hat ein Stativ mit Fernrohr auf die Felswand gerichtet. Mit einer Hand deutet er uns an leise zu sein und winkt uns gleichzeitig heran. „Haben Sie die Gämsen gesehen?", bietet er uns den Blick durch sein Fernrohr an. Mit Mühe kann ich ein Lachen unterdrücken. Auf einer schmalen Felsbank liegen mehrere Gämsen, farblich genau dem Jurafelsen angepasst. Zwei von ihnen haben den Kopf einander* *zugewandt und lassen je ein Vorderbein locker und elegant über die Felskante hängen. Fast erwarte ich einen kleinen eleganten Beistelltisch mit Törtchen und Teegeschirr. Es sieht wirklich aus, als hätten wir sie beim „Afternoon-Tea" gestört. Der Mann hat seinen Rucksack geöffnet und trinkt aus einer Wasserflasche. „Touristen? Und woher?" Wir erzählen ihm, dass wir in Bellefontaine ein Haus gemietet hätten. „Da müssen sie noch etwas höher gehen, da vorne um die Nase herum. Das ist das Chalet d'Alpage von Bellefontaine. Wollen Sie das mal sehen. Wir machen da manchmal Aktionstage, es gehört zum Naturpark jetzt." Er packt seine Sachen ein, nimmt das Stativ in die Hand und marschiert los.*

Das Chalet liegt als flachgestreckter Bau in eine Senke geschmiegt. Massive Steinmauern mit winzigen Fensteröffnungen tragen ein Dach, das mit Wellblechplatten gedeckt ist. Der „Garde" nimmt einen Schlüssel und öffnet die Tür. Er schlägt die Fensterläden zurück um Licht herein zu lassen. „Den Raum hier haben wir so gelassen, wie er bis in die 60er hinein genutzt wurde. Im Krieg stand das Chalet leer. Das heißt, es diente der Resistance als Unterschlupf und gelegentlich als Lazarett, aber es gab niemanden, der hier oben Käse gemacht hat." Der Raum ist groß, niedrig und dunkel. Eine Feuerstelle mit einem offenen Rauchfang nimmt das rechte Drittel ein. An einem Schwenkarm hängt ein enormer bauchiger Kessel, verschiedene löffelartige Holzgeräte, mannshoch, lehnen an der Wand. An der gegenüber liegenden Wand steht ein verschlossener Schrank. Der Förster bewegt einen Holzknebel, die Platte, die den oberen Teil der Schranktür bildet, senkt sich nach unten, er dreht eine Holzplanke aus der unteren Tür, so entsteht ein Tisch. An der hinteren Wand stehen alkovenartige Bettgestelle. Eine Tür führt in eine Spülküche und einen Vorratsraum mit Lagergestellen. Er erzählt uns, dass hier oft mehrere Hirten mit ihren Hütejungen den ganzen

Sommer über gelebt hätten. Sie haben sich um die Kühe gekümmert und die Milch zu Käse verarbeitet, der dann in den Gestellen bis zum Herbst gelagert wurde. Der Raum ist niedrig, die Holzdecke drückend. Jetzt hängen großformatige Poster an den Wänden. „Der Stall ist jetzt der Schlafsaal", wird uns erklärt. Wir grinsen uns an, sicher in dem Wissen, dass auch der andere an die „Fermette" im Charolais denkt. „Im Sommer haben wir hier Wanderer, manchmal kommen Schulklassen für eine 'grüne Woche'. Und im Winter ist eine alte Futterküche durchgehend zugänglich, mit Decken und einem Gasofen als Notunterkunft für Skiwanderer." Wir erwarten fast, dass er uns eine Broschüre oder seine Visitenkarte gibt. Aber anscheinend ist die kleine Werbeveranstaltung vorbei. Er kontrolliert alle Fenster und schließt hinter uns ab. Er erklärt uns noch das System der Zisterne, die das Regenwasser des Daches sammelt. Die Brühe, die in dem kreisrunden Metallring steht, ist blaugrün und unappetitlich trüb. Ganz nebenbei erzählt er dann noch im Weggehen, dass er letztes Jahr jemanden ein „Mandat", einen Strafzettel, über 900 FF ausstellen musste, weil der einen Strauß Orchideen gepflückt hatte und dumm genug war, sich damit erwischen zu lassen. Es ist nicht ganz klar, was ihn mehr betrübt, der Frevel oder die Dummheit. Wir nicken pflichtbewusst, die Botschaft ist angekommen. Dann fragt er, ob wir auch zum 'Col', einer passartigen Senke, unterwegs seien. Er rät er uns noch, von dort dem rotweißen Zeichen bis zum Gipfelkreuz zu folgen, für den Abstieg nach Bellefontaine aber dem lokalen blauweißen Zeichen nachzugehen. Dann geht er wieder, sich um seine Gämsen kümmern.

Sein gut gemeinter Rat kann nicht darüber hinweghelfen, dass es gnadenlos bergauf geht. Nicht nur das, es geht gestaffelt bergauf. Der Jura gibt immer nur einen trügerischen Ausblick auf eine Treppenstufe frei, erweckt durch den blauen Himmel

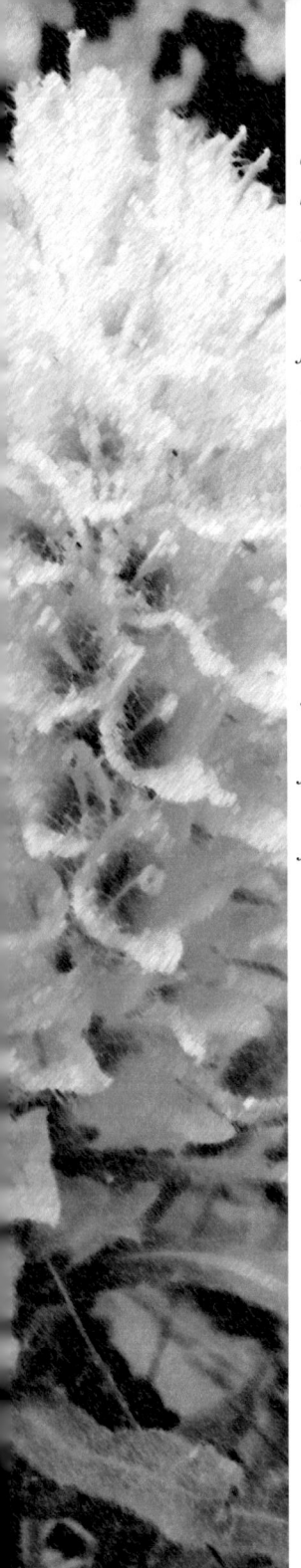

darüber den Eindruck, als sei dort oben dann Schluss, Gipfelkreuz, Berg zu Ende, Wieder-nach-unten-geh-Punkt. *Nach einer Stunde sitzen wir am Fuß einer Felswand, über uns die eleganten Gämsen. Mit klammheimlicher Freude stelle ich fest, dass kein Weg aus diesem Felsenzirkus herausführt. Nun, das wird leider das Ende ...* „*Da vorne ist das Zeichen!*" *Ich folge Philipps Finger, der die rotweißen Flecken in der Felswand aufzeigt. In engen Serpentinen, deren Eckpunkte von kleinen Steinpyramiden gekrönt werden, geht es die Wand hoch. So spektakulär der Weg von unten aussieht, so einfach ist er letztendlich. Wir halten uns an die klassische Arbeitsteilung: Philipp geht vor und ich jammere. Doch auch diese Wand hat ein Ende und erschöpft lassen wir uns ins Gras fallen, eine weitere, hoffentlich letzte Stufe. Der Weg zum Gipfel wird zur Schatzsuche. Ich finde fünf verschiedene Enzianarten, jede Blume in einem anderen schier unirdischem Dunkelblauton. Der große gelbe Enzian steht überall. Manche Pflanzen sind von tiefen, aufgewühlten Stellen umgeben. Offensichtlich lieben die Wildschweine diese Wurzeln ebenso wie die Schnapsbrenner. Endlich haben wir den letzten Höhenzug erreicht. Unter uns breiten sich im leichten Dunst Genf und der Genfer See aus. Wir bilden uns ein, in einem kleinen weißen Dreieck die berühmte Fontäne zu identifizieren. Hinter Genf liegt schützend ein großer Bergrücken wie ein schlafender Hund. Links davon etwas, das wie ein überdimensionaler Maulwurfhügel aussieht, und dahinter der Mont Blanc. Dafür, dass wir nur einen kleinen Waldweg erforschen wollten, waren wir recht erfolgreich. Sehr zufrieden mit uns und unserer Leistung kehren wir zurück.*

Nach der Anstrengung haben wir uns einen Ausflug ins Collège verdient. Mme Vuillermoz, Madeleine, die Mutter des Wirts, schiebt uns zwei Kir über die Theke, fragt wie es so ginge. Wir schildern unsere kleine Wanderung, spielen den Teil mit dem Keuchen und Jammern etwas herunter und unsere Sportlichkeit etwas hoch, retuschieren ein bisschen. Der Alte neben uns hebt sein Glas: „Auf das Ihrige! Sie sind tatsächlich von Bellefontaine bis hoch auf den Kamm gestiegen? Am Chalet vorbei durch die Felswand?"– Nicken - „Bis hoch auf den Kamm! Wo man so richtig schön nach Genf sehen kann?" Die Wirtin hört auf die Gläser zu polieren und sagt nur kurz „Jerôme!" Der Alte zuckt unschuldig die Achsel. „Was willst du, ich unterhalte mich bloß. Man möchte ja schließlich genau wissen, wovon die Rede ist." – „Jerôme!" – „Und dann, den ganzen langen Weg wieder zurück? An einem Tag?" – „Jerôme, das reicht!" – „Ich will ja nur wissen ..." Und ich will wissen, wer sich hier auf wessen Kosten amüsiert. „Was wollen Sie wissen?" Die Wirtin weiß jetzt nicht, wen sie zuerst wütend anfunkeln soll. „Nun, ob das derselbe Weg ist?" Ich warte, nichts. Schließlich schiebt die Wirtin dem Alten ein frisches Glas Weißwein zu, der prostet uns zu. „Der von meiner Großmutter! Das muss der Weg sein, gibt ja nur den einen Pass hier bei uns. Wenn sie nach Genf wollte, auf den Markt, mit ihrem Ziegenkäse, ist sie auch immer da hoch. Auf der anderen Seite dann runter ins Pays de Gex bis nach Genf. Das sind 12 – 15 Kilometer. Auf dem Rückweg musste sie natürlich ein bisschen vorsichtig sein in der Nacht. Dann hatte sie die Taschen unterm Rock voll Kaffee und Zucker, da durften sie die Zollpatrouillen nicht erwischen. Aber die waren ja so laut, die hat man ja schon lange vorher gehört." Wir sind natürlich beeindruckt und der Alte sehr zufrieden mit diesem Ergebnis.

„Die Großmutter, das war schon eine! Die hatte Angst vor nichts! Man hat sich erzählt, dass sie einmal einen Wolf vertrieben hat, mit ihren Holzpantinen hat sie dem so auf die Schnauze gehauen, dass er den Schwanz eingekniffen hat und weggerannt ist!" Wir heben unser Glas auf die Frau Großmama. Er leert seines, stellt es auf die Theke, verbeugt sich verabschiedend und geht bedächtig durch die Tür hinaus. „Ich kann das nicht mehr hören!" Die Wirtin räumt das Glas zornig weg. „Ich kann diese alten Geschichten nicht mehr hören! Die gute alte Zeit! Nein danke! Fragen Sie den Alten mal, wie das war, 10 Monate im Jahr ohne Schuhe rumlaufen zu müssen. Dann erzählt er Ihnen wahrscheinlich, wie toll es war mit nackten Füßen auf den Wiesen herumzuspringen - und dass man im Herbst die verfrorenen Füße immer noch in frische Kuhfladen stecken konnnte, um sie aufzuwärmen. Die Stiefel gab es erst bei Schnee! Meine Mutter war Hebamme hier! Die hätte Ihnen Geschichten erzählt, aber nicht so ein rührseliges Zeug. Fragen Sie Jerôme doch mal wie das war, wenn sein Vater ihn geschlagen hat, wenn er stundenlang auf einem Holzscheit knien musste. Die Männer, die aus dem Krieg, dem großen, dem Ersten, zurückkamen, die waren doch verkrüppelt, wenn nicht am Körper, dann an der Seele. Die wurden doch nicht fertig mit dem, was sie erlebt und gesehen hatten, und in ihrer Not haben sie es an ihren Familien ausgelassen. Mein Großvater, der ist nicht zurückgekommen, meine Großmutter blieb mit zwei kleinen Kindern zurück. Ich kann Ihnen sagen, es gab nicht wenige Frauen, die sie beneidet haben deswegen! Manchmal war meine Mutter ganz krank vor Zorn über das Elend hier. Die Leute waren doch oft so arm, die hatten keine zwei Sous, die sie aneinander reiben konnten. Und die Zustände! Wie manche von denen gehaust haben, in den einsamen Höfen, oben am Wald! Die Kinder konnten nicht zur Schule, weil sie mitarbeiten mussten. Und dann hatten sie neun

Babys und überlebt haben vielleicht drei, was für ein Herzeleid für die Familien. Ich wäre so gerne Gemeindeschwester geworden, da hätte man helfen können, da hätte man etwas bewegen können. " Das Tuch, das während der letzten Sätze ihren Zorn an die Gläser weitergegeben hat, kommt abrupt zum Stillstand. *„Aber dann ist mein Bruder gefallen, im Krieg, im zweiten, und da konnte ich meine Mutter doch nicht alleine lassen. "* Sie dreht sich um, geht durch die Flügeltüren in die Küche und hinterlässt uns ihre aufgewühlten Gefühle.

Heute Nacht haben sie Hélène den toten Sohn nach Hause gebracht. Die Männer, die ihn brachten, waren selbst kaum am Leben, ihre Gesichter hager und eingefallen. Hélène hatte Alice zu mir geschickt, dass sie auf den Hof aufpasse, weil sie mich braucht.

Céline

Yves liegt auf dem Küchentisch und die Männer stehen unbeholfen um ihn herum. Hélène geht mit steifen Bewegungen einher, holt Brot, holt Käse, holt Milch. Sie gibt jedem eine Decke und sammelt von jedem Zigaretten und Streichhölzer ein. Dann schickt sie die Männer in die Scheune, mit den Decken und dem Essen, und schließt die Türe hinter ihnen.

Wir haben Yves ausgezogen und Hélène hat ihn gewaschen. Ich darf ihr dabei nicht helfen, sie will ihn für sich allein haben. Mir hat sie die einfachsten Handlangerdienste übertragen, aber ihren toten Sohn berühren darf ich nicht. Ich habe die Kerzen gesucht, das Gebetbuch und den Rosenkranz. Und dann, als er fertig war, hat sie ihn in die Arme genommen, den erwachsenen Mann, und sich durch den Raum geschleppt. Gegen die Wand gelehnt ist sie hinuntergerutscht bis sie saßt, mit dem Rücken zur Wand, den toten Sohn in den Armen. So saß sie die ganze Nacht, hat sich hin- und hergewiegt, mit ihm gesprochen und geweint. Ich habe gebetet, die Kerzen ausgewechselt, gebetet. Und versucht, die widerwärtige Stimme in meinem Kopf zu überdecken, die immer wieder sprach: „Aber Jean-Luc lebt! Er lebt!"

In der Morgendämmerung hat sie ihn sanft auf den Boden gelegt und ist aufgestanden. Die Männer mussten auch schon wach gewesen sein. Abwechselnd haben sie gegraben. Und dann haben wir ihn beerdigt, sechs Männer und zwei Frauen. Keiner hat ein Wort gesprochen. Und dann waren die Männer wieder weg und Hélène ist in den Stall gegangen.

Alles entgleitet ihr: Tassen, Teller, der Milcheimer, ihr ganzes Leben. Hélène geht über den Hof, den Eimer in der Hand. Der Eimer rutscht ihr aus der Hand und ergießt sich über den Hof, Hélène sitzt auf dem Boden, weint und wiegt sich hin und her. Keiner von uns traut sich, sie anzusprechen. Sie funktioniert, aber sie spricht nicht. Jules ist oft da. Er nimmt Hélène in den Arm, er drückt sie und hält sie fest. So lange er das tut, wird sie wieder weich, sie schmiegt sich in seine Umarmung, versteckt sich fast darin. Jules muss weiter und Hélène wird wieder zu Stein und geht mit dem steifen, unbeholfenen Gang einer alten Frau.

Alice trauert auch. Sie kannte ihn doch kaum, diesen großen Bruder, der den Hof verließ, als sie kaum ein Jahr alt war. An den seltsamsten Stellen finde ich Wiesenblumen mit einen Stück Schnur zusammengebunden, Kreuzwege ihrer Erinnerungen. Jedes Mal, wenn ich versuche, mit ihr zu reden, dreht sie sich weg, nimmt eine Katze oder einen der Hunde in den Arm und versteckt ihr Gesicht im Fell.

Auf großen Schildern steht in dicker unbeholfener Schreibschrift: „Repas champêtre – Dégustation des produits du terroir" und drunter „organisé par le Sou des écoles". Der örtliche Freun-

deskreis der Schule veranstaltet also ein landestypisches Essen. Wir vertrauen darauf, dass es nicht die allgegenwärtigen „Steak-Frites" sein werden und fahren langsam durch den Ort auf der Suche nach der Schule. Als wir sie finden, scheint sie direkt aus einem Marcel-Pagnol-Buch zu entstammen. Ein hoher schmiedeeiserner Zaun begrenzt einen großen Hof. Vier mächtige Platanen stehen in der asphaltierten Fläche, die Baumscheiben durch durchbrochene eiserne Roste geschützt. Das grüne Blätterdach verdeckt das Schulgebäude und gibt Schutz und Schatten für ein gutes Dutzend kleiner Tische, die locker über den Schulhof verstreut sind. Mehrere große rotbraune Hunde liegen schlafend zwischen den Tischen. Als wir näher treten, können wir die Symmetrie der Fassade bewundern. In der Mitte führt eine breite Treppe zu zwei unabhängigen Türen, über der einen Tür steht in den Sturz gemeißelt „Garçons", über der anderen „Filles". Im rechten Winkel zu dem alten Schulhaus steht ein moderner flacher Anbau, dessen vordere Seite vollständig verglast ist, Kantine, Aula, Sporthalle in einem. Wir setzen uns an einen der Tische. Der benachbarte Hund hebt kurz den Kopf und schläft dann weiter. Sein Kollege steht auf, streckt sich ausgiebig, gähnt und kommt zu uns geschlurft, die Missbilligung ob dieser unziemlichen Störung in jeder einzelnen Bewegung. Aus unsagbar traurigen Augen schaut er uns an, schafft es sogar ein oder zweimal mit dem Schwanz zu schlagen, bevor die Erschöpfung ihn in die Knie zwingt und er vor unseren Stühlen einschläft. Es ist wirklich sehr heiß! Eine Frau kommt aus dem Anbau, balanciert einen Brotkorb, eine Wasserkaraffe und zwei

Gläser in der einen Hand, in der anderen Hand weht wie eine
weiße Fahne ein Papiertischtuch. Im Vorübergehen stupst sie
die Hunde sanft mit der Fußspitze an. „Hektor, Achilles,
verschwindet!" Beleidigt arbeiten die Hunde sich hoch, trotten
drei Schritte weiter und lassen sich mit einem tiefen Seufzer
wieder hinfallen. Lachend stellt die Frau ihre Last auf dem
Nachbartisch ab, deckt dann das Papiertuch über unseren
Tisch, beschwert es mit dem Brotkorb und der Wasserkaraffe
und fragt uns, was wir trinken und ob wir zu Mittag essen
wollen. Sie bringt uns die Karten, es sind alte Schiefertafeln.
In säuberlicher Schönschrift, die Großbuchstaben besonders
ausgemalt, werden uns drei verschiedene Teller vorgeschlagen.
Als Vorspeise gibt es jeweils einen Salat mit „Gesiers", mit
Petersilie und Knoblauch geschmorter Hühnermagen. Dann
haben wir die Wahl zwischen einem „Bauernteller": Schinken,
Kaninchenpastete, luftgetrocknete Wurst oder dem „Berg-
bauernteller" mit verschiedenen Käsesorten. Für den Fein-
schmecker gibt es eine geräucherte Forelle und Forellenkaviar.
Hinter jeder aufgezählten Spezialität steht der Name des
Herstellers.
Der Salat ist sehr großzügig bemessen und die Teller so üppig
gefüllt, dass wir kaum Platz zum Manövrieren von Messer und
Gabel haben. Beim Abräumen der Teller loben wir die Idee
und die Qualität. Sie lacht wieder. „Gleich kommt der
Gemeinderat zum Essen, wenn Sie das denen sagen könnten,
wäre mir schon sehr geholfen!" Sie zieht einen Stuhl heran
und erzählt, dass sie die Vorsitzende des Elternvereins sei,
Madame Le President. In französischen Schulen, chronisch
unterfinanziert, arbeiten diese Elternvereine mit viel Phantasie
und persönlichem Einsatz an der Verbesserung der äußeren
Lernbedingungen. Die Schule werde gerade renoviert – in
Eigenregie. Um die nötigen Mittel zur Verfügung zu haben,

hatte sie dem Gemeinderat ein Konzept vorgestellt: „Buffet in der Schule", die Kantine als Restaurant für Sommer-touristen. Die örtlichen Produzenten von Wurstwaren, Käse und anderen Spezialitäten liefern zu Selbstkostenpreisen, dafür werden ihre Produkte auch über die Theke angeboten. Die Mütter, die berechtigt sind in der Kantine zu arbeiten - wir wollen doch keinen Ärger mit dem Aufsichtsamt -, arbeiten turnusmäßig als Köchin und Kellnerin und mit dem Gewinn werden - so Gott, das Wetter und die Gäste es wollen - die Klassenräume und die Toiletten renoviert. Sie bringt uns einen Blaubeerkuchen, hauchdünner Mürbeteigboden mit üppigem Belag, als der Gemeinderat durch die schmiedeeisernen Tore kommt. Unter viel Gerede und Gelächter werden Tische zusammengeschoben, die Hunde verziehen sich indigniert in eine ruhigere Ecke. Wir trinken unseren Kaffee und legen das Trinkgeld unter die Kaffeetasse. Essen für „Schöner Lernen", Trinken für „Schöner …" naja, muss ja auch sein. Im Hinausgehen machen wir am Nachbartisch halt, wo der Gemeinderat inzwischen vom Salat zum Bauernteller übergegangen ist. „Monsieur le Maire?" frage ich in die Runde. „Madame le Maire!" kommt es sehr bestimmt von einer Frau im Sommerkleid zurück. Wir gratulieren ihr zu dieser Idee und wünschen ihr viel Erfolg. Madame le Maire strahlt, Madame le President strahlt, sogar die Hunden scheinen wohlwollender dreinzuschauen, als wir über die Straß zum Parkplatz gehen. Unser Auto ist eine Sauna.

Céline

Diese Lebensmittelmarken. Ein ganzer Rucksack voller Marken! Hélène hat sie in meine Küche gebracht, die Frau auf dem Fahrrad. Sie heißt Francinette und ist erschöpft. Ein Kurier ist sie. Wenn ich auch nur so mutig sein könnte. Allein mit dem Fahrrad durch die deutschen Linien und das Tal hoch bis zu uns. Jules hat ihr einen Brief mitgegeben für Hélène. Aber Hélène weigert sich, sie ins Chalet zu bringen. Sie will nichts mehr zu tun haben mit diesem Kampf, der ihr den Sohn genommen hat.

Jetzt sitzt Francinette in meiner Küche und trinkt meine Milch. Und dann zeigt sie mir die Marken. Ich darf sie anfassen und ich lese und befühle das Papier. In meinem Magen bildet sich ein hungriger Knoten und es läuft mir der Speichel zusammen. Sich einmal wieder satt essen, Essen im Überfluss. Und dann fällt mir auf, dass diese Marken nun anderen Menschen fehlen und ich frage sie: „Wo haben Sie die gestohlen?" Sie lacht: „Seien Sie doch nicht so naiv! Die haben wir gefälscht! Wir haben gefälschte Stempel aus Paris und das Papier bestellt ein Freund in der Verwaltung, ganz legal, bei der Präfektur. Wir müssen eine Armée versorgen", sagt sie stolz. „Das geht nicht mit den Resten, die ihr uns in den Scheunen und Chalets hinstellt." Wie verletzend sie ist in ihrem Stolz. Was wir geben könne, ist das, was wir selber nicht gegessen haben. Vielleicht kann ich sie doch nicht leiden. Und diese Schuhe sind unmöglich für die Berge! Trotzdem biete ich ihr meine Winterstiefel an für den Weg durchs Geröll. Auf dem Waldweg bleibt sie hinter mir. Im Geröll muss ich ständig auf sie warten und den steilen Anstieg durch die Combe ziehe ich sie hinter mir her. Unterhalb des Chalets bleibt sie plötzlich stehen und sagt, ich dürfe nicht weiter. Das Treffen sei geheim, niemand dürfe wissen, wer in der Hütte sei. Da hätte ich beinahe gelacht. Glaubt sie das wirklich? Alice hat uns schon erzählt von den Verletzten, die in der Hütte gepflegt werden. Und auch, dass nun ein Fremder dabei sei. Sie sind auf unser Schweigen genauso angewiesen wie auf unsere Unterstützung

Also gehe ich wieder nach unten. Soll sie doch selber zusehen, wie sie nach Bellefontaine kommt

Eine der vielfältigen Freuden einer langjährigen Partnerschaft liegt im Vertrauen zu seinem Liebsten. Ich werde von Philipps seltsamen Verhalten geweckt, es ist kaum drei Uhr. Er **Katharina** *springt auf dem Bett auf und nieder, stößt dabei seltsame Flüche aus und schlägt mit der flachen Hand gegen die Zimmerdecke. Auf meine prosaische Frage: „Was um alles in der Welt machst du da?", erwacht er aus der Trance. „Hörst du das denn nicht! Irgendein Tier läuft da oben im Speicher herum! Die ganze Nacht schon! Das macht mich verrückt!" In der Stille, die daraufhin eintritt, höre ich es auch. Ein Trappeln, ein Schlittern auf dem Speicher über uns, dann das Geräusch umfallender Gegenstände. Die Expedition mit der Taschenlampe bringt natürlich nichts, alle Partygäste haben sich verzogen.*

Am nächsten Morgen fragen wir Roger. Der nickt mit dem Kopf: „Da müssen Sie Braquette fragen, das ist sicher der Marder." Braquette kommt und steigt auf dem Speicher zwischen Möbeln und Kisten herum. Er bringt uns Indizien: den Oberschenkelknochen eines ziemlich großen Tieres, völlig zernagt, die leergefressene und vertrocknete Haut eines Igels. „Marder", lautet sein Verdikt, „stinkende Sch...marder." Seit ihm die Marder die Hühner abgeschlachtet und die Zündkabel durchgefressen haben, führt er einen Feldzug gegen sie. Jeden

Marder betrachtet er als seinen persönlichen Feind und er bekämpft sie ebenso skrupel- wie gnadenlos. Dafür hat er sich sogar beim Staat die entsprechenden Zertifikate besorgt. Braquette ist sozusagen staatlich geprüfter und zugelassener Marder-Killer. Entsprechend martialisch ist das Arsenal, das er vorstellt. Giftgaspatronen und vergiftete Köder kommen nicht in Frage. Der Gedanke, dass über unserer zugigen Zimmerdecke Giftgasschwaden ziehen, gefällt uns nicht. Auch die Überlegungen, dass der sterbenden Marder sich in unzugängliche Winkel zurückziehen wird, wo er zwar nicht zu sehen, aber sicher um so stärker zu riechen sein würde, spricht nicht für die Lösung. Braquette hält uns nun für verweichlichte Stadt-Eier und schlägt achselzuckend vor, am nächsten Morgen mit einer Lebendfalle zu kommen. Beim Weggehen macht er nochmals klar, dass jeder erlegte Marder, ganz besonders aber dessen Fell und Schwanz, ihm zustünden. Wir versichern ihm, dass wir keinerlei Ansprüche geltend machen werden.

Am nächsten Morgen steigt er mit einer großen Falle aus Drahtgeflecht auf den Speicher. Während er die Falle mit dem Köder bestückt und den Mechanismus einstellt, erzählt er blutrünstige Geschichten. Marder, und er schließt großzügig Iltisse und Wiesel mit ein in diese Verdammung, seien dreckige kleine Biester, stinkende, mit Parasiten übersäte Mutterschiffe aller denkbaren Krankheiten. Marder lieben es zu töten und dann nur das Blut zu trinken. Marder kommen durch die unglaublichsten Öffnungen. Marder haben – außer ihm, Braquette,– fast keine natürlichen Feinde. Marder zerbeißen alles und richten so großen Schaden an landwirtschaftlichen Maschinen an. Marder schleppen ein Vielfaches ihres eigenen Gewichts an Fleisch in ihr Versteck und lassen es dort mürbe rotten, während die menschlichen Bewohner im Stockwerk darunter sich über den unerklärlichen Gestank und die Fliegenplage wundern. Marder sind Schuld an der Hälfte aller

Unfälle auf ländlichen Straßen. Er malt ein grausiges Bild von durchgebissenen Brems- und hydraulischen Leitungen, von Autos, die sich überschlagen, weil die Bremsen nicht funktionieren oder in Abgründe stürzen, weil die Servolenkung blockiert. Wir sehen in einen brodelnden Schlund abgrundtiefen Hasses. Wir haben unsere Zweifel, dass Marder sich gegen das Metallgeflecht von Bremsschläuchen behaupten können und den Verdacht, dessen Schwerpunkt mehr beim Alkohol als beim Marder liegt. Aber das einem Franzosen mit einer Mission ins Gesicht zu sagen, so mutig sind wir nicht.

Ich richte es ein, dass ich nicht im Haus bin, wenn Braquette die Falle kontrolliert. Nach drei Tagen bleibt sie leer, und Braquette erklärt uns, dass wir sie noch ein paar Tage lang stehen lassen sollen, sicherheitshalber. Er scheint sehr zufrieden mit der Ausbeute der ersten Tage, so freundlich wie er sich gibt. Wir sollten jeden Tag kontrollieren, aber bloß den Marder nicht anfassen. Wie gesagt, Marder seien dreckige kleine Biester, stinkende mit Parasiten übersäte Mutterschiffe und so weiter, und so weiter.

In der dritten Nacht fangen wir etwas, der Rabatz auf dem Speicher macht uns wach. Schon auf der Speichertreppe hören wir das Geschrei. Eine kleine grau gestreifte Katze sitzt in der Falle, zu Recht empört, und schreit. Wir öffnen vorsichtig die Falle, die Katze schießt hinaus, bleibt vier Schritte vor uns stehen und schreit. Wir gehen einen Schritt vor, die Katze geht einen Schritt zurück, setzt sich hin und schreit. Wir gehen einen Schritt zurück, die Katze macht ein paar hoppelnde Sprünge vor, setzt sich hin und schreit. Wir gehen in die Küche, die Katze folgt uns, setzt sich hin und schreit. „Die Katze hat Durst!" sagt Philipp und stellt ihr ein Schüsselchen mit Wasser hin. Die Katze trinkt, setzt sich hin und schreit. „Die Katze hat Hunger!" sage ich und stelle ihr ein Tellerchen mit einem Rest Pastete hin. Die Katze frisst, setzt sich hin und schreit. „Die

Katze will schreien." schließen wir aus ihrem Verhalten. Die Erfahrung mit vier Kleinkindern hilft hier enorm.

Und so wird es bleiben, die Kleine kommt und geht, wie es ihr gefällt, aber wenn sie da ist, ist dies nicht zu überhören. Wir hören sie oft nachts auf dem Speicher jagen, aber da dies „unsere" Katze ist, stört uns das leise Tapsen ihrer Pfoten überhaupt nicht. Marder haben wir nicht mehr zu Besuch gehabt.

Céline

Ich habe sie nicht kommen gehört. Barfuß, im Nachthemd, das Haar offen, steht Hélène plötzlich vor meinem Bett und zerrt an meinem Arm. Mein erster Gedanke ist „Alice! Ist etwas mit Alice?" Aber Hélène schüttelt nur den Kopf und zieht mich aus dem Bett, die Treppe hinunter, hinaus in die Nacht. Ich wehre mich, stemme mich gegen sie, aber sie ist so stark. In der Scheune des Aushauses bleibt sie stehen, dreht sich um, lässt mich los. Im Dunkeln kann ich ihr helles Nachthemd sehen, ihr Gesicht ist nicht mehr als ein bleicher Fleck. „Er kann nicht bleiben, Céline! Ich ertrage es nicht!" Ihre Stimme ist heiser, sie klingt gar nicht wie Hélène. „Gib ihn mir, Céline! Du musst ihn mir geben! Du kannst ihn jetzt nicht mehr behalten." Ich greife im Dunkeln nach ihren Schultern, sie wischt meine Hände weg. „Hélène!" – „Er steht mir zu! Er gehört mir!" Sie hat angefangen zu weinen, greift nach meinem Nachthemd, das Schluchzen wird immer heftiger. Mit jedem Wort schüttelt sie mich hin und her. Ich kann ihre Hand nicht losreißen von meinem Nachthemd. Über mir knarrt die Leiter, dann springt Mathieu neben uns ins Heu. Hélène lässt mich los, fährt herum, hat plötzlich ein

Messer in der Hand. Ihr Schluchzen geht in schrilles Schreien über: „Das Schwein, das deutsche Schwein! Du lebst noch! Und mein Yves ist tot!" Sie keucht, weil sie kaum Luft bekommt. „Komm her, du dreckiger deutscher Mistkerl! Komm her, dass ich dich abstechen kann!" Und sie sticht zu. Ich höre das langgezogene „Nein!" bevor ich den Schatten durch die Luft fliegen sehe. Wie ein Äffchen klammert sich Alice am Hals ihrer Mutter fest, die Beine um die Hüfte geschlungen, ein übergroßes Baby. Sie drehen sich in einem grotesken Tanz bis Alice' „Nein, Mama! Nein, Mama!" in haltloses Schluchzen übergeht. Hélène lässt das Messer fallen, schlingt die Arme um die Tochter und stammelt „Du redest wieder! Alice, sag was! Alice, sprich mit mir!" Ich hebe das Messer auf, Mathieu steht stumm im Schatten. Alice zeigt auf ihn: „Der hat mich rausgeholt aus dem Haus. Die Soldaten haben alles verbrannt, die Häuser, die Tiere und Onkel Maurice haben sie in Großmutters Haus gesperrt und haben es angezündet." Hélène würgt und übergibt sich ins Heu. Als sie wieder normal atmen kann, setzt Hélène sich auf eine Futterkiste und zieht Alice auf ihren Schoß. Sie beschwört das Kind, lockt und schmeichelt, aber Alice versteckt nur den Kopf an ihrer Schulter und schweigt. Schließlich trägt Hélène das Kind zurück ins Haus. Ich warte, bis wir allein sind: „Und du", frage ich Mathieu „willst du jetzt endlich reden." Mathieu schüttelt den Kopf, dreht sich um und steigt die Leiter hoch.

Es ist Herbst und das Land verwüstet von schwelenden Feuern. Bauern verbrennen Stroh, Gärtner vertrocknete Blütenstände. Rauchfahnen ziehen über die abgeernteten Flächen, steigen aus

Katharina

Wäldern auf, ziehen vom Straßenrand durch die Siedlungen, als sei die Größe der Rauchwalze Beweis für den gärtnerischen Erfolg des Brandstifters. Wer jemals beobachten durfte, wie eine französische Familie versucht den frischen grünen Rasenschnitt zu verbrennen, sieht die Grande Nation mit anderen Augen. Zuerst ist es ein Tableau aus einen spätviktorianischen Kalenderbild: der Vater, der Held, baut den Scheiterhaufen auf, die Kinder laufen in begeistertem Eifer hin und her, versuchen sich in Handreichungen, die sofort vom Vater nachgebessert werden. Und über allem schwebt das gütige Lächeln der Mutter. Wenn der Vater den Grasschnitt aufgeschichtet hat, wirft er ein Streichholz oben drauf. Das Hölzchen flackert auf, verlischt. Unter „Darf ich auch mal, darf ich auch mal!?"- Geschrei tanzen die Kinder während der weiteren - erfolglosen - Versuche um ihn herum. Die Kinder werden ins Haus geschickt, mehr oder weniger legale Brandbeschleuniger zu bringen. Der Vater leert eine Flasche Spiritus über den grünen Haufen, breitet die Arme aus und treibt seine kleine Herde zurück in eine sichere Entfernung. Er wirft ein Streichholz, es verlöscht im Flug. Beim dritten Versuch ist er so nahe dran, dass das Streichholz den Spiritus entzündet. Eine beeindruckende Stichflamme lässt ihn zurückspringen. Der begeisterte - beziehungsweise entsetzte - Aufschrei von Kindern und Frau geht über in das leicht hysterische Lachen der gerade noch einmal davon Gekommenen. Es verlöscht im gleichen Augenblick, in dem die blaue Flamme in sich zusammenfällt. Die Oberfläche des Grashaufens ist angekokelt, eine leichte Rauchfahne zieht zum Nachbarn hinüber. Eines der Kinder erinnert sich, dass Feuer nach oben brennt und macht eine entsprechende Bemerkung. Mit mildem Lächeln weist die Mutter es zurecht für die implizierte Kritik an seinem Vater. Ein Grillanzünder wird unter den Haufen geschoben und wieder herausgepult, weil man ihn nicht mit dem Streichholz erreichen kann. *Endlich brennend, wird er unter das nasse Gras geschoben. Das Gras fällt über dem Würfel zusammen und erstickt die Flamme, immerhin steigt ein dünner blauer Faden aus der Tiefe des Grasmeilers gen Himmel. Papa baut ein kleines Zelt mit einem Sechserpack Grillwürfel, steckt sie an und wirft nun langsam das nasse Gras in die Flammen. Die Kinder tanzen inzwischen wie die Irrwische um das Feuer und singen unermüdliche ihre „Lass mich, ich, ich, lass mich!" - Litanei. Sicherheitshalber werden die verbliebenen Anzünder auf dem Meiler deponiert. Der Erfolg ist überwältigend: eine Rauchfahne wälzt sich über den kleinen Garten. Zufrieden wenden Kinder und Eltern sich dem Hause zu, treten durch die Terrassentür ein und schließen diese fest gegen den Gestank. Der Haufen schwelt die ganze Nacht weiter.*

Dass diese Nation begeisterter Zündler und Kokeler im Besitz der Atombombe ist, erfüllt mich mit tiefer Unruhe.

Der alte Mann im Nachbarhaus verbrennt ebenfalls seine zusammengeharkten Gartenabfälle. Er sieht ganz anders aus als ich ihn mir vorgestellt hatte, wie er da in seinem Garten steht. Groß, schlank, fast hager. Ein unbändiger Schopf weißer Haare über dem langen schmalen Gesicht. Die Augenfarbe kann ich nicht erkennen. Er geht langsam harkend durch die Gemüsereihen, wirft die verdorrten Pflanzen auf sein Feuer, schaut auf den Stiel gestützt einen Moment zu und beginnt die nächste Reihe. Er hat nichts von einem Kauz, einem Sonderling. Er wirkt eher wie ein Prior, der als persönliche Bußübung den Bruder Klostergärtner ersetzt. Mehr für mich als für ihn spiele ich eine kleine Scharade, greife mir Tasche und Autoschlüssel, bemerke ihn „zufällig" auf dem Weg zum Wagen und komme zum Gartenzaun. Ich begrüße ihn, stelle mich als Nachbarin vor und reiche ihm die Hand. Er hebt den Blick von der Erde, lässt ihn über die ausgestreckte Hand zu meinem Gesicht wandern. Seine Augen schauen durch mich hindurch, dann geht

*sein Blick über mich hinweg zu den Jurahöhen. Er dreht sich
um und harkt weiter. Aus den Augenwinkeln sehe ich Alice mit
schnellen Schritten herüberkommen. Manchmal ist sie wirklich
zu protektiv. Aber nun muss ich meine Scharade weiterspielen,
steige in mein Auto, winke ihr fröhlich zu und fahre los. Sie
bleibt mit ihrem Kauz zurück.*

*Die Schnelligkeit, mit der sich Bruder Klostergärtner in den
Kauz zurückverwandelt, zeigt mir, dass mich seine
Zurückweisung mehr verletzt als ich zugeben möchte. Philipp
belächelt meinen Bericht mit liebevollem Spott. „Es ist mir
natürlich völlig unbegreiflich“, meint er, „wie jemand nicht
von dir fasziniert sein kann. Aber wenn der alte Mann dich
nicht kennen lernen will, wirst du wohl damit leben müssen,
meine Liebe!“*

Céline

Sie löst alles auf. Hélène pickt und zerrt am Saum ihrer Schürze bis sie einen Faden gefunden hat. Dann zieht sie ihn mit einem langsamen Lächeln aus dem Stoff. Die Ecke ihrer Schürze ist ausgefranst und ihre Hände hören nicht auf.

Auf dem Tisch zwischen uns liegt ein zerfleddertes Schreibheft. „Maman,“ steht da in holprigen Kleinbuchstaben, „Maman, ich habe dich so lieb!“ – „Diese Hexe“, sagt Hélène, „diese gottverfluchte Hexe. Wie kann sie das ihrem Enkelkind antun!“ Ich drehe das Heft zu mir. „Großmama hat gesagt, ich darf nicht reden. Aber schreiben darf ich, hat Mathieu gesagt, und dann hat er es mir beigebracht!“ Hélène schleudert das Heft durch den Raum. „Wie kann sie einem achtjährigen Kind einreden, dass es schuld sei am

Tode seiner Cousins!" Sie zerrt so zornig an dem Faden, dass er reißt. Die Schürze zwischen den Zähnen, windet sie den Stoff hin und her, bis sie einen neuen Faden hat. Ich hebe das Heft auf. „Mémé war so schrecklich wütend, als wir in Echerans ankamen. Sie hat mit Onkel Jules geschimpft. Bist du verrückt, hat sie gesagt, willst du uns alle umbringen! Die Deutschen stellen den ganzen Ort auf den Kopf und du schleppst ein Kind ohne Papiere hier an! Und dann hat sie mich auf den Speicher gezerrt und gesagt: Du wirst uns noch alle umbringen! Du bleibst hier und sagst kein Wort, hast du verstanden, kein Wort! Auf dem Speicher war es heiß und ich konnte fast nicht atmen. Da bin ich ans Taubenloch gekrochen und dann habe ich die Soldaten gesehen. Die hatten Onkel Raoul an einem Baum festgebunden und haben ihn getreten und geschlagen. Das war nicht recht, denn es waren viele Soldaten und Onkel Raoul war doch ganz allein und außerdem konnte er sich nicht wehren, weil er die Hände auf dem Rücken hatte. Dann kam ein Soldat mit einer anderen Mütze und hat etwas gesagt und die Soldaten sind weggegangen und ich konnte sie nicht mehr sehen. Da bin ich hinunter gestiegen in Mémés Schlafzimmer. Aber ich habe nicht gesprochen, wirklich nicht, und jetzt sind Onkel Raoul und Onkel Maurice tot. Die Soldaten sind in alle Häuser gegangen und Onkel Jules ist weggelaufen und hat sich im Fliegenhäuschen versteckt. Ich bin auf den Schrank geklettert und habe mich hinter dem Rand versteckt. Ich wollte warten, bis die Soldaten weg waren." Hélène reißt mir das Heft weg. „Sie hat alles mit angesehen, Alice. Kannst du dir das vorstellen. Sie sitzt da oben in diesem Loch und muss mit ansehen, wie die Soldaten ihren Onkel zu Tode prügeln und den anderen bei lebendigem Leibe in seinem Stall verbrennen. Und meine Schwiegermutter, diese Hexe, hat ihr hinterher eingeredet, dass es ihre Schuld sei. Einem Kind von acht Jahren. Mein Gott, was tut dieser Krieg uns an, wenn wir uns jetzt selbst zerfleischen. – Hör dir das an: Die Soldaten schießen die Häuser kaputt, die Häuser brennen und qualmen und das Vieh schreit und Onkel Maurice schreit und die Leute weinen und schreien und beten und die Soldaten brüllen und schreien. Aber ich habe wirklich nichts gesagt. Erst als das Zimmer brannte und ich nicht mehr atmen konnte, da habe ich am Fenster geklopft und geschrien. Mathieu hat gesagt, das gilt nicht, das war nicht meine Schuld. Mathieu hat mich gesehen und wollte mich holen. Der Soldat mit der anderen Mütze hat es ihm verboten. Aber Mathieu ist trotzdem in Mémés Haus und dann hat er mich aus dem Fenster geworfen, in die Leute. Und die Leute haben mich aufgefangen und weitergegeben, um mich vor den Deutschen zu verstecken, und es war fast lustig. Bis dann einer den Brunnendeckel aufgemacht hat und mich in den alten Brunnen geworfen hat und den Deckel zugemacht hat." Hélène beißt auf die Fingerknöchel und zieht die Nase hoch. „Sie ist doch erst acht Jahre alt. – Da war es dunkel und ich habe mich unten in die kleine Höhle verkrochen, weißt du, wo ihr früher die Milchkannen kühlgestellt habt. Ich habe Angst gehabt und ich habe geweint, aber ich habe nichts gesagt und wenn Mémé das behauptet, Maman, dann stimmt das nicht. Es war viel Lärm oben, die Schreie, das Schießen, der Krach vom Feuer. Irgendwann hat das Vieh nicht mehr geschrien und dann war es furchtbar still. Und es stank. Ich habe die Tropfen gezählt. Soweit wie ich zählen konnte. Und dann habe ich wieder von vorne angefangen. Am nächsten Morgen waren da Stimmen und jemand hat den Deckel weggemacht und meinen Namen gerufen. Und als ich am Seil hochgekommen bin, haben sich alle gefreut, nur Mémé nicht. Und später ist dann Onkel Jules gekommen und hat mich nach Hause gebracht. Maman, bitte schick mich nie wieder zu Mémé."

Hélène sieht nur Alice, ich sehe Mathieu.

Sie kommen tatsächlich, unsere Freunde. Von München, mit dem großen
Kombi, nicht dem kleinen Flitzer, den
sie sonst in der Stadt fahren. Wir sind
ganz gerührt ob so viel Anhänglichkeit

Katharina

und Freundschaft. Dieses Gefühl hält an, bis Stephan sein
Gastgeschenk überreicht. Es ist der neuestes Hachette
Weinführer, nicht mehr eingeschweißt und mit zahlreichen
kleinen Lesezeichen versehen. „Aus der Boutique 'Lu et
approuvé!'." Jahrelang haben wir uns gegenseitig Bücher
geschenkt, die wir vorher Probe gelesen hatten. Das Argument,
dass man nur so weiß, ob das Buch auch etwas tauge oder
nicht, war schlecht zu widerlegen, wurde aber glücklicherweise
nicht anderweitig eingesetzt, etwa bei Weinflaschen oder
Pralinen. Die Bücher trugen dann statt einer Widmung den
Schriftzug „Lu et approuvé" – gelesen und für gut befunden.
Den Abend verbringen wir mit Käse und Rotwein, dem
Weinführer und den gelben Michelin-Karten. Eine Stunde bis
ins Beaujolais, anderthalb bis zum weißen Burgunder, zwei bis
zum roten, das muss man ausnutzen. In die Lektüre dieses
schwergewichtigen Schmökers - 1176 Seiten, ohne die Schweiz
und Luxemburg! - vertieft, werfen die Männer ausgewählte
Zitate in die Runde: „granatfarben mit Purpurreflexen",
„einschmeichelnder Geschmack nach roten Beeren und
Veilchen", „subtile Geschmacksattacke (!) des Tanins". Einer
der Weine klingt wie ein Obstkorb: „Nuancen von Sauer-
kirschen und Himbeeren unterlegt mit roten und schwarzen
Johannisbeeren und einem Hauch Iris". Ein anderer wie ein
Landhausgarten: „intensiver Duft nach roten Früchten, vereint
mit dem Parfüm von Pfingstrosen und Narzissen und den
Nuancen des Unterholz'". Nun ja. Diese ganze Poesie lenkt
nicht ab von der Suche nach der „Perle rare", dem Wein, der
die richtige Anzahl von Sternchen mit der korrekten Zahl in

93

der Preisangabe vereint, das ganze gekrönt von der Wiedergabe des Etiketts, Zeichen dafür, dass die Jury diesen Wein auf Anhieb mochte. Gegen Mitternacht schätzen die Herren die Liste als ausreichend lang ein und unsere Gäste ziehen sich zurück.

Kurz vor 10 Uhr morgens fahren wir bei Saint Symphorien von der Autobahn in die sanfte Hügellandschaft des Beaujolais. Das Licht ist noch morgendlich, die Dörfer sehen aus wie frisch gewaschen. Überall am Straßenrand stehen Hinweisschilder auf die verschiedenen Weingüter. Im Laufe des Morgens fahren wir vier Domänen an, die Philipp und Stephan gestern Abend ausgesucht haben. Ich beobachte die anderen beim Weintesten, morgens um 10 Uhr ist ein noch so leichter Rotwein nicht meine Sache. Im ersten Hof führt uns die Frau des Winzers in einen stimmungsvoll eingerichteten Weinkeller. An den Wänden hängen Bilderrahmen mit Etiketten, Auszeichnungen und Empfehlungen aus Weinführern. Dazwischen alte verblasste Fotografien aus der Region. Im dämmrig-feuchten Gewölbe verteilt sie mehrere Gläser auf einer Theke, stellt einen Krug für die Reste auf und schenkt einen Fingerbreit Wein aus. Die Gläser werden geschwenkt, der ablaufende Wein begutachtet, der erste Schluck genommen, im Mund gerollt. Das anschließende Nicken wird als Signal für die zweite Probe interpretiert. Sie spricht über Lage und Ausbeute des Weinberges, schlägt als drittes einen schwereren Wein vor, der sich auch ein Jahrzehnt halten wird. Die Weine werden noch einmal gegeneinander verkostet, die Preisliste studiert und dann geordert. Die Frau schreibt eine Rechnung aus und bittet uns hinaus. Neben dem alten Hof ist ein neues Gebäude. Von dort bringt sie mit einer Sackkarre die Weinkartons.

Beim nächsten Hof springen uns vier Schäferhunde entgegen und kreisen die Wagen ein. Wir warten auf den Besitzer, wir hupen, außer neuerlichem bellendem Eifer der Hunde erreichen wir nichts. So reagieren wir wie der Fuchs aus der LaFon-

taine'schen Fabel, schmähen den Wein als sicherlich sauer und fahren weiter. Der dritte Hof hat den im Führer erwähnten Wein schon ausverkauft. Was er sonst anbietet, findet nicht den rechten Zuspruch. Mit der Höflichkeitskiste unter dem Arm verlassen wir ihn wieder. Den letzten Hof finden wir nicht. Erst als wir per Telefon eine Wegbeschreibung anfordern, finden wir ihn am Ende eines Feldweges. Der Winzer entschuldigt sich, das alte Schild müsse ersetzt werden, das neue sei aber noch nicht fertig. Schilder aller Arten seien ein beliebtes Ziel für Jäger. Nach einigen Ladungen Schrot ist die Inschrift kaum noch zu entziffern. Der Rost tut dann das Seine dazu, um ein Schild in ein pockennarbiges Stück Altmetall zu verwandeln. Wieder beginnt die Runde der Gläser, der Wein ist gut, die Stimmung der Weinkoster ist gelöst und der Winzer akzeptiert gerne Kreditkarten. Beim Abschied fragen wir ihn noch nach einen netten Lokal, wo uns das Essen weder ein Vermögen noch drei Stunden Zeit kosten würde. Er empfiehlt das Café du Commerce im Nachbarort, nicht ohne die Warnung: „Aber es ist sehr rustikal!"

Das Café du Commerce empfiehlt sich selbst durch eine große Linde vor dem Eingang. Die Schrift über der Tür ist fast verblasst, die Frau hinter der Theke schaut überrascht auf. „Sie sind zu früh, die anderen sind noch nicht da!" Nach einigem hin und her klärt sich auf, dass sie eine Gruppe Winzer erwartet, der Chef der Genossenschaft hatte vorbestellt. Aber ja, für uns gebe es auch noch etwas, allerdings müssten wir uns dem vorbestellten Menu anschließen. Wenig später quillt eine Menge lachender, diskutierender Männer und Frauen durch die Tür. Im Speisesaal, hinter der Tür aus Blindglas, sieht man Schatten hin und her huschen. Die Wirtin erklärt dem „Patron" die Lage. Christa, klein und zierlich, scheint seine Beschützerinstinkte zu wecken. „Naturellement, pas de problème!" Nachdem alle ihren ersten Durst und andere

Bedürfnisse befriedigt haben, schiebt die Wirtin die Tür zurück. Auf einer großen Tafel stehen Wein- und Wasserkaraffen, Brotkörbe, Schüsselchen mit Cornichons und Perlzwiebeln. Auf den gedeckten Tellern warten die Vorspeisen bereits. In bunter Folge wechseln sich Teller mit Salat, Speck und Croutons ab mit Tellern mit Rohkost in Remoulade und Tellern mit Pastete, Wurst und Schinken. Während wir die Tafel betrachten, setzt rund um uns ein Gedrängel und freundliches Geschubse ein. Bis wir das „Reise nach Jerusalem"-Prinzip durchschaut haben, sind noch vier Rohkost-Teller übrig. Der Patron winkt, wir sollten uns doch setzen. Die Vorspeisen verschwinden innerhalb kürzester Zeit, ebenso der Inhalt der Brotkörbe. Ein junges Mädchen räumt ab und kehrt kurz darauf zurück mit zwei Kuchenblechen. Am Tisch verteilt sie großzügig geschnittene Stücke einer goldgelben Quiche lorrraine. Die sahniggelbe Füllung, die übriggebliebenen Krümelchen des mürben Bodens werden mit Brot fein säuberlich aufgewischt, dann erscheint der Hauptgang. Besteck und Teller werden nicht gewechselt. Der Schweinebraten hatte im Ofen Zeit eine knusprige Kruste zu bilden und sein Aroma an die Kartoffeln und das Gemüse abzugeben, die mit ihm auf der Fettpfanne gegart wurden. Der Alptraum eines jeden Diätarztes, aber hinreißend gut. Zwischendurch erfahren wir von den anderen alles über die Feinheiten des Rebschnittes, die Aussichten des neuen Weines, die allgemeine Konjunktur, die Auswirkung des Euros auf den Weinkonsum und geben unsererseits bereitwillig Auskunft. Der Käse kommt und geht, als Nachtisch gibt es eine Tarte Tatin, gestürzter Apfelkuchen mit halbsteifer Zimtsahne. Ich bezweifle, dass ich noch zum Auto laufen kann, geschweige einen Nachmittag im Weinberg arbeiten. Die Truppe trinkt einen Marc und verzichtet auf den Kaffee, wir machen es umgekehrt. Dann gibt es einen lauten, herzlichen Aufbruch und sie sind weg. Als wir kurz darauf nach der Rechnung verlangen, winkt die Wirtin ab, der „Patron" habe das schon erledigt.

Wir fahren über kleine Straßen nach Norden ins Maconnais mit Abstechern nach Vinzelles und Saint Véran. An einem Sommerabend kann der Saint Véran sogar im kühlen Deutschland Urlaubsstimmung schaffen.

Die Schnellstraße, die zurück nach Macon führt, ist von erschreckender Hässlichkeit. In ein einstmals sicherlich hübsches Tal hat man eine Schnellstraße, teilweise als Ständerbrücke, geklemmt, daneben liegt die Trasse des Hochgeschwindigkeitszuges inklusive elektrischer Oberleitungen und Schallschutzwänden. Und zum krönenden Abschluss bietet sich der Ausblick auf eine riesige Umspannanlage mit entsprechenden Masten und Kabelwald.

Wir trödeln weiter durch die Seenplatte der Dombes nach Hause. Ursprünglich sehr schlechtes, feuchtes Ackerland, hatten die Einwohner vor mehreren hundert Jahren die Idee, den Boden trocken zu legen und das Wasser in Teichen zu sammeln. In diese Teiche wurden Fische eingesetzt. Nach kurzer Zeit stellten die Bauern fest, dass sich mit den feinen Speisefischen mehr Geld verdienen ließ als mit Kohl und Kartoffeln. Bald war die Dombes gesprenkelt mit Teichen. Nach einem ausgeklügelten System werden diese Teiche alle paar Jahre abgelassen und leergefischt. Der morastige Teichboden dient als fruchtbare Anbaufläche, bis im nächsten Jahr das Wasser wieder eingelassen und neu besetzt wird. Inzwischen sind viele Höfe als Wochenendhäuser betuchter Franzosen aus Lyon aufgekauft worden. Die sind weniger am Angeln als an der Jagd auf die zahlreichen Wasservögel interessiert. Leider übersteigt die sportliche Begeisterung häufig die tatsächlichen Fähigkeiten des Jägers. Deshalb heißt es in der Dombes, dass, wenn man in einen der Teiche fällt, man eher an Bleivergiftung stirbt als an Ertrinken.

Céline

Aasgeier, hat sie ihn genannt. Schmeiß-
fliege, genauso so besch... wie der Haufen Sch..., auf dem er säße. Für einen
Moment dachte ich, dass Alice lachen
würde. Hélène ist außer sich vor Zorn.
Er sei ein Kollaborateur, der sich an die Deutschen verkaufe, schreit
sie ihn an. Unter dem Deckmantel der Nächstenliebe dient er sich
an, Nachrichten von Verschleppten oder Verhafteten aus Deutschland zu besorgen. Er stellt sich als kleiner braver Mann dar, der
unter großer Gefahr für sein Leben in Deutschland Erkundigungen
einzieht. Seinen Beitrag für das Vaterland, nennt er das. Widerstand
im Feindesland, wie mutig und tapfer muss er sein, um sich in die
Höhle des Feindes zu wagen. Dass er dafür eine kleine finanzielle
Entschädigung erwarte, sei doch nur gerecht und angebracht. Hélène
wirft ihm ihre ganze Verachtung ins Gesicht. Sie wisse von ihm und
Seinesgleichen. Den einzigen Ort im Feindesland, den er kenne,
sei das Offizierskasino der Wehrmacht und die einzigen Informa-
tionen, die er sammle, die Bestellungen für seinen minderwertigen
Wein. Und dann bricht sie zusammen. Ihr Sohn Yves sei tot, gefallen
für Frankreich, im Kampf, beim Widerstand gefallen. Und kein
Geld der Welt könnte andere Nachrichten für sie aus Deutschland
oder woher auch immer für sie erkaufen. „Tot!", schreit sie, „Tot!
Tot! Tot!", und ihre Stimme überschlägt sich schrill. Sie greift nach
ihrem Besen und prügelt den Mann vom Hof.
Dabei hat er sich nur im Haus geirrt.

Wenn ich nicht schlafen kann, höre ich die Flugzeuge über dem
Jura. Wie einsam muss es sein, da oben in diesen Flugzeugen, in
der Nacht, über einem fremden Land. Jules sagt, das sind englische
Flugzeuge. Sie schützen uns, indem sie auf die Deutschen schießen.
Ich kann das nicht hören, ob das ein englisches oder ein deutsches
Flugzeug ist. Sie machen mir Angst, beide. Sie bringen Waffen und
Munition und Menschen. Menschen aus England und aus Amerika,

die die Armée secrète unterstützen und ausbilden. Manche erzählen auch, dass sie Kisten mit Geld abwerfen und dass die Deutschen diese Kisten noch mehr suchen als die Waffen.

Jules war kurz da. Er hat Hélène gedrückt und ihr versprochen, dass alles gut werden wird. Die Deutschen ziehen ihre Truppen ab. Die 'zone interdite' haben sie schon aufgegeben, nun ziehen sie sich zurück auf den Rhein zu. Eine Schlacht wird es noch geben, sagt Jules. Sie wollen die Deutschen hier festhalten, damit sie an der Front im Norden fehlen. Er will Hélène damit Mut machen. Aber Hélène hat alles Interesse an seinen Berichten verloren. Ich höre Jules zu und denke an Jean-Luc. Vielleicht wäre Jean-Luc jetzt auch bei den Kämpfern, oben in den verlassenen Bauernhöfen oder den Zeltlagern im Wald. Vielleicht würde er mit Jules versuchen Brücken zu sprengen oder Züge entgleisen zu lassen. Vielleicht wäre ich stolz, einen Widerstandskämpfer geboren zu haben. Vielleicht wäre ich krank vor Angst um ihn.

Vielleicht wäre er tot wie Yves und meine Seele ebenso.

Der zweiten Weintour wird ein arg kurzes Mäntelchen der Kulturreise umgehängt. Wir wollen bei Tournus die Autobahn verlassen und in die Hügel rechts der Saone fahren. St. Philibert in Tournus, Burg und Kirche von Brancion und das romanische Juwel von Chapaize werden die Ouvertüre sein, die uns zu den Weingütern der Côte d'Or führt, das Hospiz in Beaune der krönende Abschluss. Da soviel Kultur auch ohne Weinprobe kaum an einem Tag zu bewältigen ist, haben wir eine Übernachtung in „Chambres d'hôtes" eingeplant. Je nach Geschmack und Geldbeutel findet

Katharina

man eine große Bandbreite: vom einfachsten Gästezimmer,
Mitbenutzung des familieneigenen Badezimmers im Preis
eingeschlossen über die sterile Einliegerwohnung im totreno-
vierten alten Bauernhaus bis zur luxuriösen Zimmerflucht im
Rokokoschloss. Liegt das Zimmer auf einem noch bewirtschaf-
teten Bauernhof, wird das explizit erwähnt, damit man sich
frühzeitig auf die mit dem authentischen Landleben verbun-
denen Zeitabläufe, Gerüche und Fliegenplagen einstellen kann.
Unsere gut vorbereiteten Freunde hatten einen bebilderten
Führer dabei und ein Haus mit dem schönen Namen „Les
Hortensias" herausgesucht. Es sollte in einem kleinen Dorf
am Canal du Centre liegen und inmitten seines Parks ein
„gepflegtes Ambiente mit großbürgerlichem Flair" bieten.
Der Begriff Park ist entweder zu groß, oder der Garten zu
klein, der Name hingegen gutgewählt. Wie eine große Glucke
in ihrem Nest sitzt der massive Bau in einem Kranz blassblauer
Hortensien. Eine kiesbestreute Auffahrt führt unter Knirschen
zum Eingang, hinter dem Haus sieht man die Remise, in der
Garagen eingerichtet wurden. Auf unser Klingeln öffnet eine
alte Dame. Groß, elegant, tadellose Haltung. Ihr Kleid war
vor 50 Jahren modern oder könnte morgen wieder in Mode
sein. Das Haar, die Farbe ähnelt verblüffend der der Hortensien, schmeichelt in weichen Locken einem ovalen Gesicht mit
großen selbstsicheren Augen. Hohe Wangenknochen fesseln die
Aufmerksamkeit. Und bei jedem Wort, das sie spricht, klappert
ihr Gebiss.
Sie übergibt jedem der Männer einen Schlüssel und schickt
uns in den ersten Stock. Die breite Holztreppe weitet sich zu
einem geräumigen Flur. Wir probieren die Schlüssel aus. Unsere
Tür öffnet sich auf einen sehr großen, hellen Raum. Der Boden
ist mit „Tomettes" ausgelegt, wabenförmigen Tonkacheln. Sie
haben den tiefen matten Glanz, den nur jahrzehntelanges
Polieren mit Bohnerwachs erzeugen kann. Mitten durch den

Raum läuft eine Naht hellerer Kacheln. Unter den Fenstern stehen massive Heizkörper auf Löwentatzen, Ablösung oder Ergänzung des prachtvollen schwarzen Marmorkamins. Ein schweres Bett aus Nussbaum ist zugedeckt mit einer verblassten Steppdecke. Die Pracht spiegelt sich wieder im Aufsatz des Waschtisches in der Zimmerecke. Zwei kleine dunkle Nachtschränkchen mit schwarzer Marmorplatte flankieren das Bett, die Kommode gegenüber scheint ihre große Schwester zu sein. Die ausdrucksvolle Maserung in den Türen des Kleiderschranks wird gekrönt von der sanft geschwungene „doucine", dem Kranz. Wir fühlen uns, als seien wir in die Titelgeschichte von „Schöner Wohnen, September 1890" geraten.

Es klopft, Stephan schaut herein, zieht anerkennend eine Augenbraue hoch und fragt uns, ob wir ihr Zimmer sehen wollten. Mit theatralischer Geste stößt er die Tür auf. „Oh, lala!" entfährt es Philipp. „Du sagst es!" bestätigt Stephan. Das Zimmer ist kleiner, kaum 16 Quadratmeter groß, aber zwei der Wände sind mit tief dunkelrotem Samt ausgeschlagen, auch die Fenster werden von üppigen Samtvorhängen eingerahmt. Vor einer dieser Samtwände steht ein Himmelbett aus schwarzem Holz. Gedrechselte Säulen tragen einen Baldachin, farblich passend zum Zimmer natürlich und mit Goldfransen verziert. Rechts und links des Bettes springen leichtbekleidete Damen in Messing aus der Wand. Sie halten eine Fackel in der Hand, auf der aus Milchglas die Flamme nachgebildet ist. Der Kamin auf der gegenüberliegenden Seite nimmt fast ein Drittel der weißgestrichen Wand ein. Darüber hängt ein riesiger Spiegel im breiten Goldrahmen. Krönender Abschluss ist ein ebenfalls vergoldeter Adler, der seine Schwingen schützend über die ganze Spiegelbreite hält und in den Krallen ein Holzbündel trägt.

Die alte Damen lässt sich von uns bestätigen, dass wir mit der Unterkunft zufrieden sind, warnt uns vor dem Café in der Schleuse, dass von deutschen Aussteigern betrieben werde und *empfiehlt uns ein kleines Lokal im nächsten Ort. Das Lokal ist von außen scheußlich, das Essen köstlich und unsere Nachtruhe himmlisch.*

Wir kommen die Treppe hinunter in die Eingangshalle. Die geschliffenen Scheiben in der Glasschiebetür blitzen auf, als im Zimmer dahinter die Fensterläden geöffnet werden. Wir missverstehen dieses Signal als Einladung und schieben die Türen auseinander. Im immer noch halbdunklen Saal steht ein großer Tisch mit zwölf Stühlen. Auf der bodenlangen Tischdecke ist mit üppiger Pracht aufgedeckt: silberne Platzteller unter flachen und tiefen Tellern, die Phalanx der Gläser vom Tellerrand wegmarschierend, die Anzahl der Bestecke, durch die man sich durcharbeiten muss, verspricht ein ausgedehntes Menü. Schwere silberne Kerzenleuchter ergänzen die Beleuchtung des großen Kristallleuchters mit seinen künstlichen elektrischen Kerzen.

Über dem Kamin hängt ein großes Gemälde: eine schlanke aufrechte Gestalt im Stil der Dreißiger, unzweifelhaft unsere Gastgeberin. Daneben hängen, aufwändig gerahmt, kleinere Porträts von ihr, Skizzen, Entwürfe, Aktstudien. Die Dame selbst kommt auf uns zu, die Hände entschuldigend erhoben. Dies sei ihr privates Speisezimmer, erklärt sie, ihr Gebiss leise klappernd, und Gästen sei hier leider der Zutritt nicht gestattet. Ob wir ihr in das Frühstückszimmer folgen wollten.

Wir bekommen ein exzellentes Frühstück in sehr stilvoller Umgebung, aber keine Erklärung.

Sie kommen, die Männer. Die Alten, die Verletzten, die Verzweifelten und Unter- **Céline** getauchten. Spät in der Nacht kommen sie, eine Handvoll, zwei Traktoren, ein Pferdegespann. Sie schlafen ein paar Stunden in der Scheune und mit der Dämmerung sind sie draußen. Schneiden, binden, dreschen. Spannen an, schirren ein und pflügen im Zwielicht die brachliegenden Äcker um. Sie helfen auf den Höfen aus, deren Männer im Krieg oder im Untergrund sind. Oder zu alt und nutzlos wie der Menschenfresser. Sie kommen auf den Waldwegen und die Deutschen lassen sie in Frieden. Wenn es sie wundert, dass Äcker gepflügt und bestellt sind, so sagen sie nichts. Wenn sie vermuten, dass die Männer der Höfe in den Nächten heimlich zu ihren Familien kommen, so veranstalten sie doch keine Durchsuchungen. Wir müssen Kartoffeln abliefern, Gemüse, Fleisch für die Soldaten. Was glauben sie denn, wer das anbaut. Die Kinder werden auf die Höhen geschickt, Wache stehen. Für sie ist es ein Spiel. Die Erwachsenen reden nicht viel. Wir wollen nichts von einander wissen.

Hélène hat den Tisch vorbereitet mit dem Frühstück, Brot, Milch, Käse und Marmelade. Ich habe Hosen und Jacken von Gilles herausgesucht, auch die Kleider des Alten. Es bereitet mir Freude, sie Stück für Stück vor diesen Fremden auszubreiten. Sie suchen sich ihren Lohn aus und mit jedem Teil, dass weggenommen wird, verschwindet etwas von dem Alten, verblasst seine Macht weiter.

Katharina

Er muss irgendwo im Dunkeln der alten Kirche gesessen haben, denn ich sehe ihn beim Eintreten nicht. Während die Augen sich an das Halbdunkel gewöhnen, streichen meine Finger auf dem Weg durch den Mittelgang über die Holzbänke. Die Säulen tragen einfache Kapitelle, Blatt- und Rankenmuster, dazwischen pausbäckige Gesichter, vereinfacht wie Kinderzeichnungen. Ich liebe die kleinen geduckten Dorfkirchen. Meine Epoche ist die Romanik. Solide feste Mauern, ein einfacher Grundriss, das Gefühl geborgen und geschützt zu sein. Ich schätze die himmelsstürmende Architektur der Gotik, das Leichte, Filigrane, die lichtdurchfluteten Räume, die jeder Sonnenstrahl neu definiert. Ich kann die Fähigkeiten bewundern, die in den Bau dieser Meisterwerke geflossen sind. Trotzdem fühle ich mich nie ganz wohl, geborgen in gotischen Kirchen. Es scheint ihnen eine Hybris innezuwohnen. Als sei das, was zum Lobe Gottes gebaut wurde, gleichzeitig eitle Zurschaustellung menschlicher Schaffenskraft. Die offene Macht- und Prachtentfaltung barocker Kirchen empfinde ich so offensiv wie die Truppenparade eines militärischen Machthabers.

Die alten Steine dieser kleinen Kirche sind am Boden feucht, in den Ecken kriechen Schimmelkränze und Moos langsam in die höheren Steinränge. Der modrig-feuchte Geruch, Erinnerung an Weihrauch und Kerzenwachs, ist die Essenz einer alten Kirche. Die Mauern haben ihn aufgezogen, so wie sie die Gebete der Menschen aufgesogen haben, in Dank und Demut, in Angst und Auflehnung.

Er tritt hinter einer Säule hervor, mein Herz tut einen Sprung und fängt an zu rasen. Sekunden später bricht die Spannung in befreitem Lachen zusammen, aber mein Puls braucht eine Weile zum Beruhigen. Er erklärt mir, er sei Student der Kunstgeschichte und - wie viele seiner Kommilitonen - für die Ferien als „Guide", als Fremdenführer, hier. Natürlich nehme ich sein Angebot der Führung an. Er erzählt wenig Neues in dem Teil, den er routiniert herunterspult. Dann holt ihn seine eigene Begeisterung ein. Er stellt mich vor eine Stufe, die Mittelschiff vom Chor trennt. „Und nun, Madame," fordert er mich auf, „machen Sie einen Schritt vorwärts! Ja, bitte, wollen Sie das nochmals tun?" Es sieht sicher albern aus, aber er ist so begeistert. „Sehen Sie Madame, mit diesem Schritt, diesem einen Schritt, haben Sie hundert Jahre überwunden. Schauen sie die Bearbeitung der Steine, den Aufbau der Gewölbe im Chor und hier in den Seitenschiffen. Können Sie sehen, was diese Steine erzählen? Können Sie die Geschichte lesen in diesen Mauern? Sehen Sie doch: bis hier hin sind es grobe, fast unbehauene Steine. Das haben die Bauern vielleicht sogar selber gebaut. Die Abtei hat einen Baumeister geschickt, vielleicht einen Mönch, als Bauleiter. Vielleicht haben die Bauern ihre Fron abgearbeitet hier am Bau, oder ihre Steuern bezahlt mit Bruchsteinen Und dann hat der Bau stillgestanden. Sie haben nichts mehr daran gemacht, fast 100 Jahre lang." In seiner Begeisterung hat er meine Hand genommen und führt mich wie ein kleines Kind durch den Chor. Es ist wohl sehr einsam im Dunkel dieser kleinen Kirche! „Und nun, schauen Sie, nein besser, schließen Sie die Augen und fühlen Sie! Spüren Sie es: die Steine sind ganz glatt behauen und sie sind verfugt! Schauen Sie, wie elegant die Bögen sich fügen. Irgendwo haben sie Geld herbekommen. Das muss jemand mit Geld und Kunstverstand gewesen sein, der da

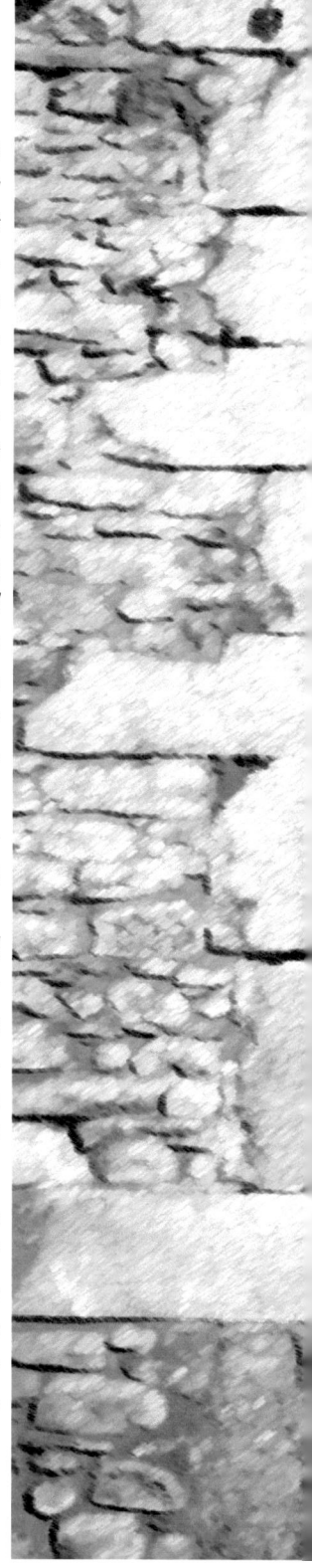

nach über 100 Jahren hat weiterbauen lassen." Ich schaue ihn fragend an, erwarte, dass er das Rätsel löst, aber er zuckt nur die Schultern. „Keine Ahnung, man hat nichts gefunden in den Archiven, nur diesen Bruch im Baustil. Es ist ja soviel verloren gegangen nach der Revolution. Als der Besitz des Klosters säkularisiert wurde, haben die Leute im Tal sich zusammengetan und diese kleine Kirche gekauft, angeblich als Steinbruch, zum Abriss." Er führt mich aus der Kirche. Wir lassen die Sonne auf unsere Gesichter scheinen, die Augen geschlossen, und ich merke erst jetzt, wie kühl es in der Kirche war. Dann zeigt er auf die gegenüberliegende Seite des Tales. „Sehen Sie dort drüben den Einschnitt, den Geröllhang. Dort stand vor über zweihundert Jahren ein Dorf, das in einer Weihnachtsnacht von einer Lawine vollkommen zerstört wurde. Alle Häuser wurden niedergewalzt, alle Tiere, von den Kühen bis zu den Mäusen, erstickten im Schnee. Nur die Menschen überlebten, die waren nämlich hier, in der Christ-mette. Und deshalb wollten die Leute damals, ganz egal wie sie zu den alten oder neuen Mächten standen, diese Kirche nicht aufgeben, die ihren Vorfahren das Leben gerettet hat." Er stößt mit der Fußspitze gegen einen Kieselstein. „Ich wünsche nur, sie hätten auch die Kirchenbücher gerettet." Er weist mit dem Kinn auf ein kleines Körbchen „Pour le guide", die Führung ist beendet.

Céline

Die Glocken läuten seit Stunden. Hélène zündet Kerzen an und stellt die Marienstatue auf den Tisch. Die Perlen gleiten durch die Finger, wir beten und danken und ich bin froh, dass jeder stumm betet. Ich suche nach der Freude in mir. Da ist die Stelle, die weiß, dass Jean-Luc jetzt wieder nach Hause kommen wird. Und die, die weiß, dass Alice wieder lachen und reden wird. Ich weiß vielleicht nicht mehr, wie das geht mit der Freude. Es fühlt sich nicht richtig an.

Vorbei, was heißt schon, vorbei. Für Hélène wird es nie vorbei sein. Und für mich erst, wenn Jean-Luc wieder da ist.

Roger steht wieder vor der Tür, Kappe in der Hand, strahlendes Lächeln um die Augen. „Es geht mich ja nichts an, aber bleiben Sie den Winter über hier?" Ich erkläre ihm, dass wir das Haus für ein Jahr gemietet haben, was genau genommen keine Antwort auf seine Frage ist. „Nun, Sie kennen sie nicht, die hiesigen Winter, und die Frau macht sich Sorgen, das Holz." Neunzig Grad Drehung der Kappe. „Nun, Sie haben natürlich Anrecht auf ein Los, aber das wird Ihnen auch nicht viel nutzen, nicht für diesen Winter." Hundertachtzig Grad. Diese „Erklärung" erklärt nichts und das scheint er mir anzusehen. „Nun, Sie lassen sich in der Gemeinde eintragen und dann wird mit einem Los die Parzelle gezogen, auf der Sie Holz schlagen dürfen. Das kostet Sie nicht viel, und wenn Sie Glück haben, erwischen Sie ein gutes Stück Wald und das auch noch in der Nähe der Straße." Wenn man lange genug wartet, kommt immer der Haken zum Vorschein. Ich sehe uns schon in Stiefeln, Cordhose und Flanellhemd kanadische Holzfäller spielen, dann die schweren Rösser anschirren, um die selbsterlegte Beute stolz talabwärts oder hangaufwärts zur nächsten Straße zu ziehen. Mit derselben Leichtigkeit kann ich mir auch die Chirurgie im nächsten Krankenhaus vorstellen, wo sie den Finger wieder an- oder die klaffende Fleischwunde zunähen. Sicher gibt es

Katharina

da noch eine andere Alternative. Roger kann uns kein Holz verkaufen, er hat nur seinen eigenen Vorrat und wer weiß wie lange der Winter ... Aber er kennt jemand, der jemand kennt... Wir bestellen die von Roger empfohlene Menge für den jurassischen Durchschnittswinter.

Am nächsten Morgen rattert ein Traktor den Feldweg hoch, der Anhänger hochbeladen mit Holzscheiten. Ein Junge springt ab, kommt summend auf uns zu und überreicht uns die Rechnung. Dann dreht er sich um, löst die hintere Halterung am Anhänger und die Scheite poltern in den Hof. Er ist wieder auf dem Weg zum Traktor, als Philipp mit der Summe aus dem Haus kommt. Er holt einen weiteren Schein aus der Brusttasche: „Würden Sie dafür das Holz stapeln?" Der Junge schaut uns schweigend an, zieht einen Stöpsel aus dem Ohr und schiebt das Kinn vor, offensichtlich eine Frage. Philipp wiederholt seinen Satz. Der Knabe steckt den Schein in die Hosentasche und den Stöpsel ins Ohr, dreht sich um. Summend macht er sich an die Arbeit. Nach einer Stunde ist er fertig, steigt auf den Traktor und fährt. Philipp sieht ihm nach: „Netter Junge! So ruhig! Sympathisch!"

Am Abend kommt Roger „zufällig" vorbei und fragt, ob wir zufrieden gewesen seien. Er wischt unsere Bestätigung mit einer Armbewegung weg und macht sich daran aufzuzählen, was der Junge alles falsch gemacht habe. Wir können zwar keinen Fehler erkennen in der meterhoch gestapelten Mauer, die unsere Hauswand nun schützt, aber anscheinend haben wir uns in Rogers Augen wie gutgläubige Touristen ausnehmen lassen. „Früher," beginnt er, „sind wir im Winter ins Holz gefahren, wenn es auf dem Hof nichts zu tun gab!" Er lässt das klingen wie ein Freizeitangebot für gelangweilte Bauern. „Alle Männer, mit den großen Schlitten, sobald es hell war, und abends kamen wir erst zurück wenn es schon dunkel war! Ich hatte einen Ardenner, stundenlang hat der das Holz aus dem Wald gezogen! Auf den steilsten Stücken, nicht einmal hat er einen Fehltritt gemacht! Man musste ihm nur zeigen wo es langging, den Rest hat er selber erledigt! So etwas gibt es heute gar nicht mehr! Hufe hatte der, so groß wie Bratpfannen!" Roger blinzelt und ich sehe das Bild der schwitzenden Männer und der dampfenden Pferde. „Nur auf die Weide konnte man ihn nie lassen. Wenn der sich einmal am Zaunpfosten gekratzt hat, lag der ganze Zaun um! Aber lammfromm, der hätte keinem Menschen was getan, der Bijou. Und vor dem Schneepflug, da ging er oft ganz alleine, da brauchte man nicht drei oder vier anzuspannen. Wenn der Schnee nicht meterhoch lag, schaffte der Bijou das ganz allein." Während Roger seinen nostalgischen Träumen nachhängt, kommt ein Mann den Weg hoch. Er hat das Gesicht einer Backpflaume. Nicht ganz so dunkel vielleicht, aber genauso vertrocknet und voller Falten und Runzeln. Roger steht mit dem Rücken zu ihm. Er bewegt sich vorsichtig aber zielstrebig den Berg hoch und als er hinter Roger steht, schlägt er ihm auf die Schulter: „Lassen Sie sich von dem bloß nichts über Schnee erzählen! Der kommt doch aus dem Süden! Der weiß doch gar nicht, was Schnee ist!" Roger macht sich nicht einmal die Mühe sich um zu drehen. „Und wer hat dir geholfen den Sarg mit der Tante aus dem Fenster zu schieben, als der Schnee so hoch war, dass man die Tür nicht auf bekam." Zu uns: „Aus dem Fenster des zweiten Stocks, wohlgemerkt! Und da stand die arme tote Tante dann den ganzen Winter lang, bis sie im Frühjahr nach unten getaut ist und beerdigt werden konnte!" – „Nur weil du einmal in 50 Jahren ein bisschen Schnee gesehen hast, brauchst du dich nicht so aufzuspielen. Du bist ja noch nicht mal von hier!" – „Dafür bearbeite ich meinen Hof inzwischen genauso lange wie du!" – „Nur dass das nicht dein Hof ist, das ist Alices Hof!" Die Antworten kommen Schlag auf Schlag, das ist ein gut geübter Dialog „Gut, aber es ist noch ein Hof und ich bin noch Bauer! Nicht wie gewisse andere Leute, die unschuldige reiche Stadtmenschen ..." - „Pah, du bist ja nur neidisch, dass sie dich nicht gefragt haben, die verrückten Genfer!" Die beiden schubsen sich ein bisschen hin und her und wirken plötzlich wie 14-jährige, die nicht wissen, wohin mit ihrer Kraft. Roger grinst: „Seht ihr das Haus dort unten?" Er zeigt auf den renovierten Hof. Das Grinsen wird breiter, er beginnt zu kichern. „Das gehört einem Genfer! Völlig umgebaut, mit allem Komfort, Heizung, drei Bäder, Satellitenantenne." Das Kichern wird zum Gluckern, es hört sich an wie ein kleiner Bach, der über Felsen springt. Roger kann sich nicht mehr halten. „Der gute Hervé hier hat die übers Ohr gehauen, ausgenommen nach Strich und Faden – und er hat's noch nicht mal mitbekommen!" Hervé hebt auf unseren fragenden Blick die Schultern und winkt bescheiden ab. Roger ist nicht bereit, diese Geschichte aufzugeben. „Sie kamen zum guten alten Hervé hier und fragten ihn, ob er seinen Hof verkaufen wolle. Hervé wollte eigentlich nicht, sagte denen eine halbe Million und glaubte, der Preis wäre abschreckend genug. Eine halbe Million Francs, das sind wohl 125000 Schweizer Franken. Also haben sie geschluckt und ihm 400000 angeboten. Herve hier, der hatte inzwischen Spaß bekommen am Feilschen. Schließlich haben sie sich bei 425000 geeinigt. Aber als Hervé vom Notar zurückkam, war er völlig fertig. Er hat mir den Scheck gezeigt und immer nur geflüstert: Das sind neue Francs, Roger! Die haben mir 425000 neue Francs gezahlt!" Roger wischte sich die Tränen aus den Augenwinkeln. „Versteht ihr, die haben Hervé das Hundertfache von dem gezahlt, was er haben wollte! Diese Schweizer!"

Hervé scheint wirklich ein bisschen betrübt zu sein. „Das ist halt so! Wir rechnen immer noch in alten Francs. Das wird aber auch immer komplizierter. Ich bitte Sie, alte Francs, neue Francs, alte Euro, neue Euro, wie soll man das denn alles *auseinanderhalten! Aber wenn ich dann hier vorbeikomme und mir anschaue, wie vornehm meine Kühe jetzt wohnen könnten, dann geht es mir wieder gut. Ein Kuhstall mit Parkett und schicken Lampen. Die alten halb zerfressenen Balken haben sie neu gestrichen. Und das ganze alte Gerümpel, unsere Heugabeln und Rechen, die haben sie an der Wand hängen. Sogar die alten Futterraufen sind noch da, quer durch deren Wohnzimmer."* Sein Spott hört abrupt auf und die Schultern fallen nach unten. *„Was soll ich denn machen? Von den Kindern wollte ja keiner den Hof übernehmen, die wollten lieber in der Stadt arbeiten. Das kann ich ja auch verstehen. Aber mir hat's dann doch wehgetan, das Weggehen von hier. Nun, ab und zu bringen mich die Enkelkinder hier hoch, gegen das Heimweh. Ah, das habe ich ja ganz vergessen. Die kleine Alice hat gesagt, du sollst kommen, das Essen ist fertig."* Gehorsam drehen die zwei Alten sich um und marschieren den Hang hinunter.

Céline

Der Alte, der Menschenfresser, das Vieh, ist tot. Erstickt an seiner eigenen Bosheit. Den ganzen Abend hat der Pfarrer an seinem Bett gesessen. Ich war dabei, den Rosenkranz in der Hand. Gebetet habe ich für Jean-Luc und der Alte hat das gewusst. Wie er mich angesehen hat. Zorn und Hass und Angst. Als er beichten wollte, bin ich gegangen.

Um Mitternacht ist der Pfarrer in die Küche gekommen, hat meine Hände genommen und gesagt: „Es ist vorbei, meine Tochter! Didier ist von uns gegangen." Ich habe meine Hände weggezogen und mich umgedreht. Da hat er mich an den Schultern genommen und gedrückt: „Gräme dich nicht! Er hat seinen Frieden mit der Welt gemacht!" Er hat mich umgedreht und mir ins Gesicht gesehen. „Ich werde alles regeln, mit der Mairie." Dann hat er mich an sich gezogen, als ob ich seinen Trost wollte. „Du kannst jetzt hochgehen und die Kerzen anzünden. Morgen früh schicke ich dir die Frauen vorbei." Ich bin aus seinem Griff gerutscht, habe die Streichhölzer gesucht und den Rosenkranz. Dann ist er endlich gegangen, der alte Heuchler.

Es ist dunkel, oben in der Kammer. Ich stelle die erste große Kerze neben das Betthaupt und zünde sie an, der Alte liegt bleich im Bett. Die zweite Kerze kommt ans Fußende. Plötzlich krallt sich eine Hand in meine Schürze, die Kerze fällt mir hin und ich muss mich am Bettpfosten festhalten, meine Knie zittern furchtbar. „Mach die Kerzen aus!", zischt er mit heisere Stimme, „ich bin noch nicht tot!", und lacht dieses furchtbare Ziegenlachen. Seine Augen glitzern, als er mich ansieht. „Du wirst ihn nicht kriegen! Den Hof kriegst du nicht, du nicht." Er lacht und das Lachen geht über in ein Husten. Er keucht und würgt. Sein Körper verkrampft sich. Der Alte versucht verzweifelt sich aufzurichten. Er streckt mir die Hand entgegen, erst herrisch, ungeduldig, dann immer wilder, verzweifelter. Und ich schaue zu. Ich schaue zu, wie er krepiert. Das Keuchen wird immer schneller. Dann hört es auf und ein Schauer läuft durch den Körper. Der Krampf lässt nach und er fällt schlaff auf das Bett. Dann kommt etwas wie ein großer Seufzer und dann ist Ruhe.

Ich habe den Rest der Nacht dagestanden und gewartet. Er hat sich nicht mehr bewegt. Der Alte ist tot, ich bin mir sicher. Erstickt an seiner eigenen Bosheit, Gott ist mein Zeuge.

Im Morgengrauen kommen die Frauen aus dem Dorf, um ihm zu waschen und aufzubahren.

Der Pfarrer, der es besser wissen sollte, redet schwülstig über ihn daher am Grab. Wenigstens hat er den Anstand, mich dabei nicht anzusehen. Die paar Menschen, die da sind, glauben ihm ohnehin nicht. Als endlich alle aus dem Haus sind, kommt Hélène mit einer Schale zurück. „Wir vertreiben ihn!", verspricht sie mir und holt ein Stück Holzglut aus dem Ofen. Darüber streut sie Kräuter und wedelt vorsichtig mit der Hand, bis ein Rauchfaden nach oben steigt. „Komm!", nimmt sie mir meine Angst und zieht mich die Treppe hoch. Der Rauch ist bitter, herb, er überdeckt alle anderen Gerüche in der Kammer. Hélène lässt ihn in jede Ecke ziehen, öffnet auch den Schrank, wartet, beobachtet. Dann stellt sie die Schale ab, fasst den Wollsack der Matratze und befiehlt: „Hilf mir!" Gemeinsam kämpfen wir mit dem Bettzeug, bis alles unten ist. Das Feuer ist übelriechend.

In dieser Nacht schlafe ich in Jean-Lucs Kammer und stelle mir vor, wie es sein wird, wenn ich sie an ihn zurückgeben werde. Es ist alles so kompliziert. Der Alte hat den Hof Jean-Luc vermacht. Er hat deshalb ein Testament gemacht, bei einem Notar. Der Notar übergeht die Bezeichnung „meinem Sohn Jean-Luc" als ein Zeichen der Verwirrtheit. Ich sage nichts. Jean-Luc erbt den Hof. Jean-Luc ist noch nicht volljährig. Jean-Luc ist im Arbeitslager in Deutschland. Es gibt keine anderen männlichen Verwandten. Also setzt mich der Notar als Verwalterin des Hofes ein. Er erklärt viel, er liest mir Texte vor, legt sie zum Unterschreiben hin. Es ist so verwirrend. Dann versucht der Notar zu erklären, welche Schritte man unternehmen muss, um eine verschollene Person für tot zu erklären. Da bedanke ich mich höflich und gehe.

Es geht nicht weiter so, wir brauchen einen Ofen. Meine Nasenspitze ist taub. **Katharina**
Ich schlage die Augen auf und sehe meinen Atem als kleine Wolke vor mir stehen. Philipp rührt sich nicht. Im Zimmer herrscht ein diffuses Licht, die Fenster sind dick mit Eisblumen bedeckt. Der Boden ist so kalt, dass ich auf den

Zehenspitzen hüpfe, bis ich mich in Wärmeres gehüllt habe.
Auf der Treppe nach unten bleibe ich stehen. Das vordere Drittel
des Flurs ist mit Schnee bedeckt. Der Wind hat ihn unter der
Tür hindurch in den Flur geblasen. Nun liegt er da wie die
gefräßig tastende Zunge eines Untieres. Vorsichtig gehe ich
um ihn herum, wider besseres Wissen bemüht nicht hineinzu-
treten. Ich öffne die Küchentür. Die Restwärme, die der
Küchenherd über Nacht gehalten hat, ist himmlisch. Schamlos
drücke ich mich gegen die Front des Ofens, spüre, wie sich die
Wärme langsam wieder ausbreitet in meinem Körper. Nur
widerwillig reiße ich mich los, knie nieder vor der Ofentür
und füttere das Feuer, erst mit kleinen Holzstückchen, dann
mit größeren Ästen, schließlich mit Scheiten. Während der
Kaffee kocht und der Tee zieht, kratze ich ein Loch in die
Eisblumen. Meine Bewunderung für diese Kunstwerke wird
gedämpft durch den Wunsch nach Doppelverglasung und
Zentralheizung. Durch den Duft des Kaffees angelockt kommt
Philipp nach unten, nickt anerkennend. „Schön warm hast du
es hier!"
Wir rufen den Notar an, der meint schuldbewusst, ja, der schöne
alte Kanonenofen wäre das einzige gewesen, was die Kusine
hätte haben wollen. Er entschuldigt sich vielmals, nicht an die
Unannehmlichkeiten gedacht zu haben, die uns nun dadurch
entstanden sind. Selbstverständlich sollten wir einen Ofen
kaufen, die Kosten würde er mit der Vermieterin regeln. Wir
fragen Roger, der sich mit Alice berät. Alice erinnert sich sehr
genau an den wunderschönen Kachelofen, der auf Löwentatzen
in der Ecke gestanden hatte, so etwas würden wir natürlich
nicht wiederfinden – und falls doch, wohl kaum bezahlen
können. Sie rät zu den tragbaren Öfen, die mit in großen
Kanistern erhältlichem Brennstoff beheizt werden. Roger wird
unruhig, die natürliche Reaktion eines französischen Bauern,
wenn er etwas Neues kaufen soll. Wahrscheinlich schweißt er

in Gedanken schon aus alten „gefundenen" Teile etwas eben
so Nützliches wie optisch wenig Ansprechendes zusammen.
Alice scheint den gleichen Gedankengang zu verfolgen, ihr
„Nein, Roger!" ist also nur scheinbar zusammenhangslos. Sie
schlägt einen Besuch bei Monnier vor, der mit dem Brocante,
dem Trödelmarkt.

Roger dirigiert uns in einen benachbarten Ort, wobei ihn sein
Gedächtnis zweimal im Stich lässt. Schließlich stehen wir vor
einem ummauerten Hof. An der Mauer hängt ein weißes
Türblatt, auf dem mit groben Pinselstrichen „Brocante",
Trödel, steht. Wir parken im Hof neben verrosteten Kinderbett-
gestellen und einem Gartengrill, der aus einer halbierten
Metalltonne und vier Moniereisen zusammen geschweißt
wurde. Der Hof würde im Immobilien-Französisch sicher als
„im Originalzustand" angepriesen werden. Leichte Veränderungen in der äußeren Erscheinung fallen kaum auf. So führt
die Treppe zur Holzlege über der Stalltür zu einem Zwischen-
lager von demontierten Louis-Philippe-Betten und Schulbän-
ken aus dem neunzehnten Jahrhundert. Links neben dem Stall
befindet sich ein überdachter Vorbau, wahrscheinlich ursprünglich für landwirtschaftliche Maschinen. Jetzt stehen dort Tische,
Rücken auf Rücken, die Beine sterbend in die Luft gereckt,
neben Elektrogeräten aus den letzten 50 bis 60 Jahren. An der
Rückwand lehnen, schmale Bank, steiler Rücken, drei Kirchen-
bänke unterschiedlicher Breite und ein kompletter Beichtstuhl
inklusive verblasstem Samtvorhang. Aus dem Haus kommt
ein Mann, klein, kompakt. Er legt einen Sicherungsschalter
um und in Scheune und Stall geht das Licht an. Wir stehen im
Mittelgang der Scheune, der Boden ist aus festgestampfter
Erde. Links ist der Bretterverhau, der die Scheune vom Stall
trennt, rechts eine Mauer aus Bruchsteinen. Beide Einfassungen
enden in Kopfhöhe, darüber sieht man auf dem Heuboden eine
dicke Lage Heu, in der sich Tische, Stühle und Kommoden in

trunkenen Winkeln aneinander lehnen. Rechts und links neben uns sind auf Tischen die Schätze aufgebaut: Aschenbecher mit der Aufschrift „Noirmoutier 1972", Weinkrüge vom Fest der Feuerwehr 1983, schwere Kristallvasen, angeschlagenes Geschirr, uralte Comics, was die Franzosen „Bric-à-Brac" nennen. Dazwischen eine Frisierpuppe, die mit unglaublich blauen, weit aufgerissenen Augen auf diese Schätze schaut. Weiter nach hinten schließen sich die Möbelstücke an. Küchenschränke aus den 50ern stehen in trauter Eintracht mit Schlafzimmerschränken der Jahrhundertwende. Blindgewordene Spiegel werfen nur bruchstückhafte Abbilder der Resopalstühle auf der anderen Seite des Ganges zurück. Eine wirklich schöne Nussbaumkommode, Mitte19. Jahrhundert, steht im hinteren Teil der Scheune, wo der Boden knietief mit Heu bedeckt ist. Drei große Schubladen, die Schlüssellöcher mit Wappenschildern in Messing unterlegt, werden gekrönt von einem vorspringenden gewölbten Kranz. In diesem Kranz umrahmen zwei größere Schubladen ein winziges Schubladenkästchen in der Mitte. Ich streiche begehrlich über die matte Oberfläche des Holzes, sehe die einzelnen Arbeitsschritte vor mir. Die Reinigung mit hochprozentigem Alkohol und Polierstahlwolle, der Geruch des vergällten Alkohols, die unvermeidlichen schwarzen Ränder unter den Fingernägeln, die Entdeckung der Feinheiten der Maserung unter dem Jahrzehnte alten Dreck. Hat man das kostbare Stück gereinigt, beginnt die wirkliche Arbeit, langwierig, schweißtreibend und sehr sinnlich. In ein altes Stück Leinen wird Polierpulver gefüllt. In Achterbewegungen geht man immer und immer wieder über die Holzoberfläche, schleift winzige Unebenheiten ab und füllt die Holzporen auf, bis man eine seidig-glänzende, absolut glatte Oberfläche hat. Mit der Hand über diese seidige warme Fläche zu streichen, ist sehr befriedigend. In der Zwischenzeit hat man Schelllackplättchen in reinem Alkohol aufgelöst. Man taucht einen neuen Ballen aus Leinen in diese Lösung und wieder geht das Achterbahnfahren los. Es ist schweißtreibend und langwierig. Zwischen dem Polieren mit der Schelllacklösung kommen immer wieder Durchgänge mit der Polierpaste, alles natürlich nach längeren Trocknungsperioden. Schellack ist nichts für Eilige, aber diesen tiefen satten Glanz unter den eigenen Händen entstehen zu sehen, ist Lohn genug für die zeitraubende Arbeit. Als ich das erste Mal die Zutaten, Poliermehl, „Anfeuerungsöl" und die Harzplättchen des Schellacks in einer französischen Spezial-Drogerie kaufte, sah mir der Besitzer die Anfängerin an. Besonders angetan hatten es mir jene blutroten Harzplättchen, die „Sang de Dragon", Drachenblut, heißen. Als ich davon 250 Gramm anforderte, beugte sich der Drogist vor und flüsterte verschwörerisch: „Dafür nimmt man natürlich kein echtes Drachenblut!" Genauso verschwörerisch flüsterte ich zurück: „Zu spät! Ich habe den Drachen schon erschlagen!" Danach musste ich mir leider eine andere Spezial-Drogerie suchen.

Philipps imperatives „Nein!" unterbricht meinen Gedankengang genauso so wirksam wie vorhin Alices. Alice wendet sich an M. Monnier. „Wir suchen einen kleinen Kanonenofen, Etienne. Und nicht den Schrott für die Touristen, wir brauchen etwas, was funktioniert!" – „Bonjour, Alice!" kommt mit der Antwort der Vorwurf „Genauso nett und freundlich wie immer!" Er lotst uns in den ehemaligen Stall. Hier ist der Steinboden sauber gefegt. Dort wo einstmals Kühe wiederkäuten, stapeln sich nun andere Vierbeiner übereinander. Stühle aller Stilarten bilden ein schier unentwirrbares Durcheinander von Lehnen und Beinen, der gordische Knoten des Trödelgewerbes. Monnier führt uns in den hinteren Teil des Stalles. Dort stehen sie, artig nebeneinander aufgereiht wie Kinder vor dem Schulinspektor. Zwei niedrige, viereckige Öfen, ein halbhoher runder und ein prachtvoller Kochherd, der kleine

Bruder unseres „Küchenchefs". Alice geht vor wie auf dem Pferdemarkt, sie öffnet alle Türen, fühlt im Innenraum nach (wonach wohl?), holt Aschkästen und Schüttelroste ans Tageslicht, tritt jedem Kandidaten kräftig ans Schienbein und versucht ihn aus dem Gleichgewicht zu bringen. Schließlich nickt sie und deutet auf das halbhohe Exemplar. „400 Francs!" Monnier strahlt. „Anciens francs - alte Francs!" Das Lächeln erlischt abrupt. „Eh, Alice, das kannst du nicht ernst meinen! Da kostet mich doch der Strom schon mehr, den ihr hier verbraucht!" – „Etienne, wenn wir dir helfen, deinen Schrott zu entsorgen, solltest du uns eigentlich noch was draufzahlen!" Roger will sich einmischen, wird aber von beiden Seiten gleichzeitig mit einer herrischen Geste zum Schweigen gebracht. Er ist noch nicht lange genug auf diesem Spielplatz, um mitspielen zu dürfen. „400 neue Francs, Alice, und wir haben ein Geschäft!" – „Du sicherlich, ich gebe dir nicht mehr als 100 Francs für diesen Haufen Ruß und Rost! Die Tür schließt nicht richtig, der Aschenkasten ist total verzogen und der Schüttelrost hat einen Sprung!" – „Mein Gott, Roger, du tust mir wirklich leid! Wir hätten dich wirklich warnen sollen, damals, mit was für einem Weib du geschlagen sein wirst! 300 Francs, Alice, damit ich dich nicht mehr sehen muss!" – „Ist das dein bester Preis?!" Der höhnische Unterton ist geradezu beleidigend. „Nein, Alice, mein bester Preis wären 1000 Francs und die bekäme ich auch von jedem Genfer, der sich hier einen alten Hof kauft." Alice Stimme wird zuckersüß, als sie sich betont langsam umsieht. „So ein Pech aber auch! Ist nur leider gerade kein Genfer da! 150!" – „Alice, du bist eine Plage! 220 und keinen Centimes weniger!" Und plötzlich geht es ganz schnell, Alice schlägt in seine Hand und im selben Atemzug zählt sie auf: „Und dazu kriege ich noch das Stück Ofenrohr dahinten, die verrostete Kohlenzange und den undichten Eimer da für die Asche!" Wir spannen die Muskeln an, bereit uns zwischen die beiden zu werfen, aber Monnier reißt nur die Arme hoch, um die sorgfältig geölten Haare in Unordnung zu bringen. „Roger, nimm dein Weib und diesen verdammten Ofen und verschwinde, bevor ich ihr etwas antue! Geh! Geh schnell!" Gemeinsam hieven die Männer das gusseiserne Stück unter einigem Geächze in den Kofferraum.

Dann wird es wirklich peinlich. Ich öffne meine Börse, suche die 220 Francs und finde nur einen Hunderter und einen Fünfziger. Im vorderen Teil sind einige 10-Francs-Stücke und eine schwergewichtige Hand voll Kleingeld. Ich beginne nachzuzählen und fange an über Schecks oder Kreditkarten nachzudenken, als sich zwei raue Hände über meine legen. „Geben Sie es mir!", flüstert eine Stimme. „Geben Sie mir einfach alles. Entweder haben Sie ein Geschäft gemacht oder ich!" Und so wechselt der Ofen für eine nie genau bestimmte Summe seinen Besitzer.

Einen Nachmittag widmen Roger und Philipp dem Anschluss des Ofenrohrs. Alice führt uns in die Feinheiten energiesparenden Heizens ein. Kartoffelschalen, in nasses Zeitungspapier gewickelt, abends auf die Glut gelegt, mit gedrosselter Luftzufuhr, halten durch bis zum nächsten Morgen. Da wir aus einem Land kommen, wo gesetzlich geregelt ist, wie viel Stunden pro Woche ein Kaminofen betrieben werden darf, halten wir uns an emissionsärmere Brennstoffe.

Es ist noch immer nicht warm, wenn der erste Frühaufsteher in die Küche kommt, aber nach einer Viertelstunde ist die Temperatur einigermaßen gemütlich. Wir teilen uns die Einheizdienste gerecht auf und entwickeln mit der Zeit einen sportlichen Ehrgeiz, wer am schnellsten die Küche warm hat. Dass man sich in anderen, abgeschiedeneren Örtlichkeiten immer noch denselben abfriert, gehört wohl zu den Freuden des Landlebens.

Céline

Alice räumt das Aushaus auf. Die faulenden Äpfel rollen vor die verdutzten Hühner. Die Kühe zermahlen gleichmütig die welken Möhren. Sie räumt und kehrt und wischt. Für sie ist das einfach: Die Deutschen sind weg. Sie können Mathieu nichts mehr tun. Mathieu braucht sich nicht mehr zu verstecken. Aber ich habe Angst. Was ist, wenn nun die Unsrigen Mathieu finden. Wenn sie ihn mir wegnehmen, ihm etwas antun. Es ist soviel Hass im Land, Zorn, Wut, Chaos. Hélène weiß es von Jules. Jules, der als Terrorist auf der Liste der Deutschen stand, Jules ist jetzt Leiter des Comité de la Liberation. Und er hat als Erstes seinen Bruder Henri eingekerkert. Um ihm das Leben zu retten. Es sieht schlecht aus für ihn. Jules setzt all seine Beziehungen ein. Wenigstens haben sie ihn nicht gleich aufgehängt. Henri hat das getan, was Petain von ihm verlangt hatte. Er hat als Bürgermeister mit den Deutschen zusammen gearbeitet. Ob er es gern gemacht, weiß ich nicht. Jedenfalls hat er es gut gemacht. Er hat den Deutschen gegeben, was sie wollten, Lebensmittel, Vieh und sie haben sein Dorf in Ruhe gelassen. Keine nächtlichen Hausdurchsuchungen, keine Abtransporte. Und das werfen sie ihm jetzt vor. Er habe zu reibungslos mit den Deutschen zusammengearbeitet, habe es ihnen zu leicht gemacht. Keinen Widerstandsgeist gezeigt, keinen Versuch der Sabotage geleistet hinter der dienstbereiten Fassade. Er sei ein Collaborateur. Dafür wird er jetzt bestraft, mit Gefängnis. Wie kann ich das in diesem Durcheinander erklären, das mit Mathieu und mit Jean-Luc.

Henri ist im Gefängnis und Mathieu bleibt in der Scheune.

Es ist November und der Nebel hält uns als Geiseln fest. Das einzige Licht kommt von den Kerzen. Die Reihe der kleinen Gräber entlang der Friedhofsmauer drückt mir die Kehle zu. Ich weiß

nicht, warum ich an diesem Novembermorgen auf den Friedhof gegangen bin. Ich wünsche nur, ich hätte es nicht getan.

Die Briefträgerin klopft am Nachmittag. Es ist kein Telegramm, das sie aus ihrer Mappe zieht, es ist ein Stapel Kalender. Zwischen zwei bunt bedruckten Kartondeckeln wechseln sich die Monate ab mit Informationsblättern der französischen Post. Wer will, kann nachlesen über die Kosten eines Gesprächs ins Nachbardepartement, die Vorwahl zu den DOM-TOM, den exotischen Territorien, die Frankreich auf der anderen Seite des Ozeans „outre-mer" besitzt, oder die Nummer der nächsten Ortsgruppe der Anonymen Alkoholiker. Das ganze gepresst zwischen Hochglanzfotos von niedlichen Welpen, verschmusten Kätzchen, langbeinigen Füllen oder wuscheligen gelben Küken. Ob dies den Geschmack der Briefträgerin oder den von France Telecom widerspiegelt, ist nicht klar. Wir wählen das Bild eines verspielten Marderknäuels, Hommage an Braquette. Die Frage der Bezahlung ist delikat. Inzwischen ist uns der „fund raising"- Hintergrund der ganzen Geschichte bewusst geworden. Hier geht es sozusagen um das Weihnachtsgeld unserer Briefträgerin. In Anbetracht des langen und holperigen Weges zu unserem Briefkasten tragen wir großzügig bei zum Gelingen des Weihnachtsfestes.

Das war die Anfänger-Übung, denn am nächsten Tag stehen die Herren der Müllabfuhr vor der Tür, zu zweit, in den weithin leuchtenden, gelb-orangen Overalls, die hier und jetzt offensichtlich den Dienstausweis darstellen. Der Hersteller ihrer Kalender hat eine pädagogische Ader. Unter dem Titel der

„Schönheiten Frankreichs" verbergen sich nicht Pin-Ups, sondern historische Monumente von Schloss Chambord über die Kapelle von Brancion bis zu den Schieferhäusern von Bonneval. Wir wählen eine romanische Schönheit aus Burgund und stehen vor einem Problem. Zahlen wir pro Verkäufer oder pro Ware. Ach, schließlich ist bald Weihnachten.

Abends steht Philipp vor unseren erbaulichen Dekorations- stücken und überlegt, ob es sich lohnt, nach Bellegarde in die „Quincaillerie", den Eisenwarenladen, zu fahren. Immerhin brauchen wir inzwischen zwei Nägel.

Der Feuerwehr-Jeep ist quer über Rogers Hofeinfahrt geparkt als wir heimkommen, die Scheinwerfer leuchten, alle Türen sind auf. Rogers Haustür steht offen, es sieht sehr beunruhigend aus. Das Klopfen geht unter in der lautstarken Diskussion, die aus der Küche schallt. Als wir die Küchentür öffnen, schwillt die Lautstärke kurzfristig an, um dann in lautes Gelächter umzuschlagen. Drei Feuerwehrleute unterhalten sich lebhaft. Roger sieht auf und winkt: „ Venez, venez boire un verre avec nous!" Die drei Feuerwehrleute drehen sich lachend um, die Gesichter schon etwas gerötet von der Hitze des Raumes und wohl auch dem Petit blanc, den Roger nun in zwei weitere Gläser verteilt. Roger wischt die Entschuldigung für unser „unbefugtes Eindringen" weg. Der Chef der Truppe strahlt, „Das trifft sich ja ausgezeichnet!", bückt sich nach einer Aktentasche und zieht ein Bündel Kalender heraus. Diesmal bleibt uns die Qual der Wahl erspart. Es gibt nur ein Motiv. die gesamte Truppe der freiwilligen Feuerwehr steht in schmucken Uniformen aufgereiht vor ihrem Einsatzwagen. Philipp korrigiert im Stillen die Zahl der einzuschlagenden Nägel.

Weihnachten. Sie haben uns geholt, für die Mette. Vorne weg zwei Männer mit **Céline** Schaufeln, die den Weg bahnen für das Gespann. Dahinter ziehen die Pferde in ihrer eigenen Wolke den Schneepflug. Und dahinter ein halbes Dutzend Alte und Kinder, die den aufgeworfenen Schnee mit Schaufeln festklopfen. So viel Arbeit, nur um sicherzugehen, dass wir kommen und danken. Der Pfarrer kommt aus seinem Maulwurfsgang hervor. Bretter hat er über die Schneewände gelegt, nachdem sie ihm einen Gang gegraben haben vom Pfarrhaus zur Kirche. Die Kinder laufen auf Schneeschuhen immer wieder dieselben Wege hin und her. Steinhart und glänzend vor Eis sind diese Wege, aber die Kinder stört's nicht.

Das ganze Dorf sitzt in der Kirche, der Geruch ist unerträglich. Mottenkugeln, Bratfett und Menschen. Der Pfarrer spart nicht mit Weihrauch und mir ist schlecht. Wir sollen danken, sagt er. Letztes Jahr saß Jean-Luc neben mir, nächstes Jahr wird er wieder da sein. Dann werde ich danke. Nein, das ist nicht gerecht. Ich danke dir, großer Gott, für Mathieu, der meine Hoffnung ist. Und meine Hilfe und meine Zuversicht. Ich danke dir für Alice, die sich hat überzeugen lassen, dass Mémé und die Deutschen ihr nichts mehr tun können. Ich danke dir für ihre Stimme, die wieder lachen und singen übt. Und danke für Hélène, die mich schützt vor Hochmut und Selbstgerechtigkeit. Und danke, dass es immer noch so weh tut. Niederknien, aufstehen, hinknien, aufstehen. Dann bekommt eben Mathieu die Strümpfe, die ich für Jean-Luc gestrickt habe. Wenn sie ihm nicht passen, tant pis! Für Alice habe ich Haarbänder gesäumt. Sie muss doch auch etwas Hübsches haben. Hélène schickt sie wenigstens zur Schule jetzt. In der grauen Überbluse sieht so traurig aus, eine kleine verschreckte Maus. Sie ist keine Maus, Alice, oder wenn doch, wehe der Katze! Es gibt nichts, womit ich Hélène wirklich erfreuen könnte. Endlich kommt der Segen und Luft zum Atmen.

Der Kirchhof schwirrt mit Geschichten und Gerüchten. Da wird

lachend von einem Soldaten erzählt, der fast bis vor die Haustür gefahren ist, mit dem Zug, mit den Amerikanern, mit dem Roten Kreuz. Da wird erzählt von dem, der nun seit drei Wochen oben in der Kammer liegt, gegen die Wand starrt und Essen und Zuspruch verweigert. Ganz leise wird erzählt von Todeslagern und die Leute schütteln die Köpfe und wollen es nicht hören. Und dann sind da die Frauen in Schwarz. Die erzählen nichts.
Und dazwischen ich.

Katharina

Bellefontaine sieht aus wie seine eigene Postkarte. Eine dicke Schneedecke hat sich glitzernd über das Tal gelegt. Jungfräulicher Schnee, soweit das Auge reicht, erfüllt mein Herz mit jubilierender Freude und dem unbändigen Drang hinauszustürmen in diese weiße Pracht. Dass ich doch nicht mehr acht Jahre alt bin, merke ich beim zögernden Widerstreben das warme Bett zu verlassen. Bis der Ofen angeheizt und das Frühstück vorbereitet ist, habe ich mich soweit unter Kontrolle, dass es mir für den Augenblick reicht enthusiastisch aus dem Fenster zu schauen. Bei Alice und Roger steigt ein Rauchfaden aus dem Kamin, das Scheunentor sieht offen, ansonsten ist die Welt ein Stillleben in Weiß. Aus dem Scheunentor schiebt sich erst eine breite Schaufel, dann der Traktor hervor. Roger manövriert erst vor dem Hof hin und her, dann schiebt er die Schneemassen auf dem Feldweg nach Grelley zu hohen Seitenwällen auf. Während des Frühstücks kommt das Tuckern des Traktors langsam näher, schließlich klopft es an der Tür. Roger, bis zur Unkenntlichkeit verhüllt in vielen Lagen Stoff, hält uns strahlend zwei Gebilde aus Holz und Lederriemen

124

entgegen: Schneeschuhe. „Ich habe die Straße freigeräumt!", verkündet er frohgemut, „aber falls Sie mal raus wollen, brauchen Sie die hier." Unsere ersten Versuche erheitern ihn sehr, jedoch nicht so sehr wie meine anschließende Frage. Mit einer großzügigen Handbewegung zieht er einen Halbkreis. „Da oben, die Felsspitze, sehen Sie die, ja? Und da drüben auf der anderen Seite die drei einzelnen Fichten, ja? Gut, alles was dazwischen liegt, gehört zu Ihrem Hof! Reicht das für einen Weihnachtsbaum?" Roger schafft es nicht ernst zu bleiben. Meine dumme Frage amüsiert ihn zu sehr. Ein paar Tannenreiser wollte ich schneiden, für den Adventskranz, ob das recht sei. Er zieht seine Schneeschuhe an, nimmt die Axt und marschiert im forschen Tempo vor mir her. Als wir mit Ästen beladen heimkehren, will Alice auch einen Adventskranz binden. Wir plündern ihr Nähkästchen und schmücken die Kränze mit alten Spitzenresten, verblassten Geschenkbändern, stecken mit Nadeln Zimtstangen und Anissterne fest, Tannenzapfen und Samenkapseln, die draußen im Garten dem Winter getrotzt haben.

Roger erzählt von seiner Kindheit im Süden, in der Provence. Vom „Bûche de Noel" und den „Mendiants", den getrockneten Früchte und Nüssen, die es zu Weihnachten gab. Philipp kommt vom Stollen zum Glühwein und der bei seinen Eltern traditionellen Feuerzangenbowle, die an einem unvergesslichen Fest den Baum in Brand gesteckt hatte. Ich höre zu und binde einen kleinen Kranz, den ich schmücke und mit Kerzen bestücke. Spät am Abend treten wir widerstrebend aus der Tür in die Kälte. Der Schnee reflektiert das Mondlicht und erhellt

die Nacht. Weit über uns scheinen die verschneiten Hänge von innen her zu strahlen, ein kaltes, blauglänzendes Licht.

Am nächsten Morgen hat der Neuschnee unsere Fußstapfen zugedeckt und ich kann nicht erkennen, ob mein Kranz noch vor Mathieus Tür liegt.

Ich habe Plätzchen gebacken. Philipp schlägt vor, erst eine Eichkurve für den alten Ofen zu erstellen. Ich entscheide mich für Trial and Error. Manche Plätzchen sind etwas dunkel, aber wirklich verbrannt ist mir kein Blech. Philipp beginnt seinen Lieblingsvortrag über die alten Griechen und die Bedeutung des Experimentes für die moderne Wissenschaft, aber das bekomme ich mit ein paar Plätzchen schnell in den Griff. Ich bringe eine Kostprobe hinüber zu Roger und Alice. Als ich auf Alice',,Herein" die Türe öffne, kommt Roger mit einem Paket im Arm die Treppe hinuntergepoltert. ,,Alice will den Weihnachtsbaum aufstellen!", strahlt er. In Frankreich wird der Baum am 1. Advent geschmückt und direkt nach den Festtagen entsorgt. Er trägt das Paket in die Küche und öffnet es. Drinnen ist ein kleiner Plastikweihnachtsbaum, fix und fertig geschmückt. Roger nimmt ihn heraus und schlägt ihn zweimal kräftig auf die Tischkante. Mit einem ,,Plopp" klappen die Äste auf. Er stellt ihn auf ein kleines Tischchen, dreht ihn zweimal ein wenig hin und her, macht ein paar Schritte zurück, legt den Kopf schief und nickt dann zufrieden. Mit einer Handbewegung lädt er mich zum Urteilen ein. ,,Schön, nicht wahr! Und der hält jahrelang."

Ich habe es geschafft den Mund zu halten. Ich bin wirklich stolz auf mich. Muss an der Jahreszeit liegen.

126

Besiegt sind sie, endgültig weg, sie kommen nicht mehr wieder. Der Schnee ist auch weg. Und der Alte ist tot. Wenn Jean-Luc jetzt nach Hause kommt, wird alles so wie früher. Nur schöner und

Céline

besser. Jean-Luc und ich. Und Alice. Und vielleicht auch wieder die schönen Kühe. Und Mathieu darf gehen. Er muss noch so viel lernen jetzt. Er muss jetzt lernen, Mathieu zu sein. Sich selbst zu schützen, bis Jean-Luc zurückkommt. Er kann nicht mit diesen Augen durch die Welt laufen. Wenn er Mathieu sein soll, mein dummer Cousin, dann kann er nicht mit diesen Augen durch die Welt gehen. Er muss nach unten schauen, darf keinem ins Gesicht sehen. Ängstlich muss er sein, demütig, dumm. Natürlich ist Alice dagegen, aber er ist nicht „ihr" Mathieu, er ist „mein" Mathieu. Wir stehen am Feldrand und schauen Alice zu. Hélène lächelt. Es tut so gut, sie lächeln zu sehen. Heute Morgen hat Alice die Braune und die Gescheckte aus dem Stall geholt. Mathieu hat den Pflug aus dem Schuppen gezerrt und Alice hat die Kühe ins Geschirr gestellt. Meine steifen, mageren, alten Kühe haben alles mit sich machen lassen. Nur als sie mit dem Gewicht am Geschirr losgehen sollen, da bleiben sie stehen. Alice befiehlt, Alice schmeichelt, sie zieht und schiebt und Hélène und ich geben ihr gute, unnütze Ratschläge. Da fängt Alice an zu singen, das Lied, das sie beim Heimtreiben singt und die Kühe folgen ihr mit langsamen Schritten. Es gibt so viel zu tun, auf dem Hof, im Stall, im Garten, aber Hélène und ich stehen in der Sonne und schauen unserem seltsamen Gespann beim Pflügen zu. Voran das Kind, rückwärts laufend, aus voller Kehle singend, dahinter mit schaukelndem Gang, gleichmütig kauend die Kühe und dann der Pflug, den Mathieu kaum führen kann. Am Ende jeder Furche hält Alice mit dem Singen inne, sie spannen den Pflug aus, drehen ihn um, spannen an und Alices hohe Stimme zieht die Kühe nach vorne. So geht das den ganzen Vormittag. Wir schauen träumend zu. Langsam breitet sich dieses friedliche Lächeln auf Hélènes Gesicht aus und mir wird warm und

leicht zumute. Alice schirrt die Kühe aus, lässt sie grasen und hüpft von gezackter Scholle zu gezackter Scholle auf ihre Mutter zu, fliegt ihr, verschwitzt, verdreckt, glücklich in die Arme. Hélène hält sie, drückt sie, lobt sie. Da hebt das Kind, plötzlich ernst, das Gesicht. „Ich weiß, dass ich mir viel Mühe geben muss, Mama. Ich bin noch klein, ich kann das noch nicht so gut wie Yves oder Jean-Luc.“
Und Hélènes Lächeln zerbricht.

Katharina

Eine französische Patisserie ist eine sehr subtile Unterart der Gedulds-prüfung. In eine Boulangerie, eine Bäckerei, kann man zielstrebig eintreten, sein Baguette oder Pari-sien kaufen und innerhalb kurzer Zeit wieder auf der Straße stehen. In einer Patisserie gelingt einen das selbst dann nicht, wenn man der einzige Kunde ist. Vor mir stehen 5 Personen. Der erste Kunde kauft eine Charlotte, einen Kuchen, dessen Rand aus Biskuit geformt ist und der mit einer Fruchtmousse gefüllt ist. Die Entscheidung und der Kauf gehen relativ rasch vonstatten. Dann wird der Faltkarton für den Kuchen auseinander geschlagen, die Kanten werden nachgefalzt, die Seiten hochgefaltet, der Kuchen vorsichtigst verstaut, der Deckel darüber geschlossen, die Lasche eingesteckt und ein Stück Klebeband zur Sicherung darüber geklebt. Danach werden über die eine Diagonale zwei Goldbändchen geschlungen, verknotet und mit einer Schleife verziert. Über die andere Diagonale kommen dunkelrote Bändchen. Schließlich werden zwei kurze Streifen jeder Farbe abge-schnitten, in der Hand zusammengerüscht und zu einer Schleife geschlungen. *Diese Schleife wird mit einem zur Schlaufe gelegten Klebeband festgeklebt und zum Schluss mit dem Aufkleber der Patisserie fixiert. Das ist die Pflicht. Die Kür kommt zwei Kunden später, ein elegant gekleidetes Ehepaar. „Wir möchten gern fünf Törtchen haben!" Die Verkäuferin nickt und legt einen entsprechend großen Tortenboden aus Pappe zurecht. Dann beginnt das Frage- und Antwortspiel: „Was ist das?" – „Das ist ein heller Schokoladenbiskuit, gefüllt mit Mandelcreme und gedünsteten Zimtäpfeln, abgedeckt mit dunklem Biskuit und zartbitteren Schokoladenüberzug." – „Und das hier?" - „Das ist ein heller Biskuit, gefüllt mit weißer Schokoladencreme und Fruchtmus, umhüllt mit Marzipan." – „Ah, gut, und das?" - „Biskuitboden, Mürbeteig, eine Crememasse aus Passionsfrüchten und Kokosmilch, umhüllt von gerösteten Kokosraspeln." So geht es durch Fruchtschnitten, unterschiedlichst geformte und gefüllte Windbeutel, Schokoladen- und Kaffeetörtchen. Das alles klingt sehr poetisch und ungeheuer appetitanregend, verschlingt aber mühelos eine Viertelstunde, ohne das Ritual des Verpackens. Der alte Herr vor mir macht nicht den Eindruck eines Schleckermäulchens, ich beginne schon meine Auswahl mit den Augen einzukreisen. „Die Frau schickt mich, ich soll den Bûche abholen", sagt der Herr auf die freundliche Frage der Verkäuferin. Ein „Bûche de Noel" ist ein Holzstamm, der zu Weihnachten am Stück in den Kamin geschoben wurde, eine alte französische Tradition. Je länger der Bûche in den Weihnachtstagen brannte, desto größer war das zu erwar-*

tende Glück im nächsten Jahr. Die Zeit und die Zentralheizung haben den Original-Bûche praktisch ausgerottet. Überlebt hat er als Biskuitrolle mit Buttercremefüllung in Form eines zerfurchten Baumstammes. An das Original erinnert die Dekoration mit kleinen Marzipanpilzen und Miniaturbeilchen und - sägen. „Hat Ihre Frau vorbestellt?" – „Das weiß ich nicht." – „Nun, schauen wir mal nach, Monsieur ...?" – „Lachavanne, Andre Lachavanne." Kurzes Geblättere in einem großen Heft, zweimal läutet zwischendurch die Türglocke. „Es scheint, als hätte Ihre Frau nicht vorbestellt, Monsieur Lachavanne. Nun, welchen Bûche möchten Sie denn?" – „Das weiß ich nicht." – „Wir haben Schokolade, Vanille, Kaffee, Erdbeer- oder Schwarze-Johannisbeere." Die Aufzählung wird mit den entsprechenden Handbewegungen zu einer Kühlvitrine begleitet. „Was wollte Ihre Frau denn haben?" – „Das weiß ich nicht." – Die Verkäuferin unternimmt einen letzten kühnen Versuch. „Was würden Sie denn gerne haben?" – Hilfloses Schweigen, dann: „Das weiß ich nicht." Nun wird klar, dass wir es mit einem besonders schönen Exemplar der Spezies „Ehegatte" zu tun haben. Im öffentlichen Leben vielleicht Leiter eines kleineren Unternehmens oder einer großen Behörde, ist er hoffnungslos überfordert, wenn es um Entscheidungen im häuslichen Bereich geht. In zwanzig oder mehr Ehejahren hat Madame ihm verwöhnend jede Entscheidung abgenommen, so dass er es völlig verlernt hat, eigene Wünsche zu haben. Oder er hat im Gegenteil schnell und gründlich gelernt, dass zur Aufrechterhaltung des häuslichen Friedens alle Entscheidungen Madame zu überlassen sind, ohne Diskussion. Die Lösung ist das Gleiche: die Verkäuferin geht in die Hinterstube und ruft Madame an, um endlich zu einer Entscheidung zu kommen. Zwei der Damen hinter mir tauschen inzwischen Neuigkeiten über eine Dritte aus. Der Herr hinter ihnen räuspert sich in unregelmäßigen Abständen. Die Herr-

schaften dahinter betrachten die Auslagen. Jeder weiß, dass dies Opfer an Zeit unabdingbar ist und dass er, so die Reihe an ihn kommt, mit derselben unendlichen Geduld bedient wird. Ich lasse mir die Cache-Cache und Japonais-Schnitten erklären, entscheide mich dann aber für eine „Opera" aus verschiedenen Schokolade-Böden und Füllungen. Philipp entscheidet sich selbstständig und ohne äußere Anstöße für ein harmlos „Mousse au framboises" genanntes Himbeertörtchen. Auf einem kreisrunden Biskuitboden erhebt sich eine zartrosa Kuppel aus Himbeerjoghurtsahne, sehr suggestiv mit einer Himbeere verziert.

Unsere Törtchen werden im Faltkarton eingepackt, geknotet, geschürzt und verziert, die finanziellen Transaktionen geregelt und so eilen wir, nach einer knappen halben Stunde, als stolze Besitzer dieser zwei Köstlichkeiten von dannen.

Céline

Natürlich wusste er nichts von Jean-Luc. Aber das musste ich ihn selber sagen hören. In Hautecombe war einer zurückgekehrt, aus den Lagern. Sie hatten ihn nicht wiedererkannt. Seine eigene Mutter hat ihn nicht wiedererkannt, an dem Abend, als er in den Hof gestolpert kam. Erst als er sagte: „Gib mir Brot, Mutter!" Da haben sie ihm alles aufgetischt, was sie noch hatten, Brot und Speck und Eier und Milch und Rotwein. Und eine Stunde später hat er sich die Seele aus dem Leib gekotzt und es hat ausgesehen, als ob er krepieren würde. Nicht am Hunger in Deutschland, sondern am Übermaß von Hautecombe. Dann haben sie ihn ins Bett gesteckt. Am nächsten Morgen haben sie alles verbrennen müssen, Matratze,

Laken und Decken. Und ihn haben sie in den Waschzuber gesetzt. Ausgesehen hat er - wie der Leib des Herrn am Kreuz, sagt seine Mutter flüsternd. Eine Schale Milch und Brot drin eingeweckt, einen Löffel Zucker drübergestreut, damit haben sie ihn gefüttert. Das war schnell all, da wollte er mehr. Er hat angefangen zu schreien, zu schimpfen und zu randalieren. Da haben sie ihn im Bett festgebunden. Sie seien schlimmer als die Nazischergen im Lager, hat er geschrien. Denen wäre er nur gleichgültig gewesen, sie aber müssten ihn wohl hassen, dass sie ihn so behandeln würden. Das haben sie sich alles angehört. Dann haben sie die Tür zugeschlossen. Drei Tage hat er geschlafen, Milchbrot gegessen, getobt und geweint, erzählt die Mutter immer noch flüsternd. Jetzt sei er im Stall und versuche zu arbeiten, als sei er nie weggewesen. Ob ich ihn wirklich fragen müsse. Ich erzähle ihr von Jean-Luc und sie nickt. Aber er will nicht. Er schüttelt nur den Kopf auf meine Fragen. Es gab keinen Jean-Luc in seinem Lager und er hat auch nie von einem Dupenloup gehört. Ich bitte und bettele, er möge nachdenken, sich erinnern. Da kommt er mit der Mistgabel auf mich zu. „Frau, verstehst du denn nicht! Ich will nicht nachdenken und ich will mich nicht erinnern. Nie wieder! Verstehst du. Und wenn dein Sohn Glück hatte, ist er krepiert, bevor sie ihn ins Lager stecken konnten!"

Katharina

Die Berge werfen einander die Donnerschläge zu und die Blitze tanzen im Rhythmus dazu. Der Regen schlägt gegen die Fenster, an Schlaf ist nicht zu denken. Wir sitzen mit einem Glas Wein in der Küche, jeder in sein Buch vertieft. Ab und zu werfen wir einen Blick auf das atemberaubende Spektakel vor dem Fenster. Der Sturm lässt die Scheunentür auffliegen und dann ist der Strom weg. Ich suche und finde Kerzen in den Schubladen, Philipp sucht und findet unsere Taschenlampe. Brummend wirft er sich eine Jacke über, brummend öffnet er die Tür und macht sich auf die Suche nach dem Hauptschalter in der Scheune. Ein Aufprall, ein Schrei, heftiger Wortwechsel, Philipp kommt herein, eine sich windende Alice im Griff, drückt sie mir in die Arme - „Hältst du das mal bitte?" - und verschwindet wieder. Sekunden später flammt das Licht auf. Philipp kommt zurück, Alice versteckt sich noch tiefer in den Sessel, den ich ihr angeboten habe. „Entschuldigen Sie, entschuldigen Sie bitte! Es ist nicht so, wie Sie denken!" beteuert sie. Philipp gießt sich Wein nach, bietet Alice ein Glas an, Kopfschütteln, und setzt sich ihr gegenüber hin. „Ich würde Ihnen doch nicht ... Ich habe nicht mit Absicht ... Ich wollte einfach... Ich bin ganz durcheinander", beginnt Alice, dann setzt sie sich auf im Sessel, die Hände nebeneinander im Schoß. „Céline, die Frau, der der Hof gehörte, ich musste immer den Strom abschalten bei Gewitter. Sie hatte solche Angst, dass der Strom die Blitze anzieht." In Philipp regt sich der Physiker und er richtet sich auf, aber Alice redet weiter. „Wahrscheinlich war es ihr eigenes Gewissen, nicht der Strom. Sie konnte nicht aus dem Haus, konnte nicht in den Stall bei Gewitter. Mathieu und ich mussten...," sie bricht ab. „Ich musste immer zu ihr laufen und den Strom abschalten, sonst wurde sie verrückt vor Angst. Anfangs hat mich meine Mutter geschickt, danach ging das ganz automatisch. Entschuldigen Sie bitte, ich habe einfach nicht nachgedacht. Ich bin einfach nur..." Es klopft. „Alice, bist du hier?" Ein nasser Roger steht vor der Tür, mehr Teddybär denn je. „Alice, komm, es ist spät. Entschuldigen Sie die Störung, es war nicht bös' gemeint." Er nimmt Alice am Ellbogen und sie lässt es geschehen. Wir stehen in der Tür und sehen ihnen nach, bis sie ihre Tür geschlossen haben. Zum ersten Mal wirkt Alice alt. Und müde.

Ohne seinen orange-gelben Overall hätte ich ihn fast nicht wieder erkannt, den Mann, der am nächsten Morgen klopft. Ob Monsieur denn zu Hause sei, will der Mann von der Müllabfuhr wissen. Doch als er in der Küche Philipp gegenübersitzt, hat er sichtlich Schwierigkeiten, die richtigen Worte zu finden. Also Roger, wir kennen doch Roger, also Roger hätte ihm gesagt, dass Monsieur ein Professor sei. Und dass Monsieur gerne Wein trinke und dass Monsieur auch etwas von Wein verstünde. Er wartet jedes Mal auf Philipps Nicken um fortzufahren. Ob Monsieur Interesse hätte, eine größere Menge Wein von ihm zu kaufen. 350 Flaschen, aber nur „en vrac", als Gebinde, dafür zum unschlagbaren Preis von zehn Francs die Flasche. Das Angebot ist nicht ungewöhnlich, in vielen Familien gibt es den Schwager des Mannes einer Kusine aus erster Ehe der Großmutter, der im Roussillon, im Rhonetal, oder bei Bordeaux ein kleines Weingut hat und die Verwandtschaft als Zwischenhändler einsetzt. Aber 350 Flaschen! Philipp, mehr um die sichtliche Überwindung des Mannes zu ehren als das Angebot, fragt nach Lage und Jahrgang. Der Mann schüttelt den Kopf, hebt die Schultern, steht auf und sagt. „Da müssten Sie schon mitkommen."
Eine Viertelstunde später stehen wir in einem Keller, an dessen vier Wänden raumhohe Regale entlanglaufen, nur die Türöffnung ist ausgespart. Wir stehen in ehrfürchtigem Schweigen. An jeder Regalreihe klebt ein Schildchen mit einer Jahreszahl, beginnend mit 1973. Die Weine in den entsprechenden Regalen tragen jedoch andere Jahreszahlen. Auch Anbaugebiete und Qualitätsstufen liegen in bunter Mischung durcheinander. Wir suchen vergeblich nach dem Ordnungssystem, das dahinter steht. „Gut, 3000 Francs für das alles!", missinterpretiert der Mann unser Schweigen. „Und die Regale können Sie auch dazu haben!" Philipp schüttelt den Kopf und zieht sein Scheckbuch. „Der Preis ist in Ordnung. Und die

Regale würde ich Ihnen gerne abkaufen. Aber wie sind Sie zu dieser Sammlung gekommen?" Der Mann lächelt, die Handflächen nach oben gekehrt. „Jedes Jahr zu Weihnachten habe ich Wein geschenkt bekommen von den Leuten. Nie Schokolade oder Kaffee, das passt wohl nicht zur Müllabfuhr, immer nur Wein, dreißig Jahre lang." Er zögert, lässt dann die Hände sinken. „Ich mag keinen Wein, vertrag ihn einfach nicht."

Es dauert einen ganzen staubigen Tag, bis wir die Schatzhöhle geleert und in Bellefontaine wieder eingerichtet haben. Philipp sortiert, ordnet und katalogisiert die Flaschen mit wissenschaftlicher Genauigkeit. Das begeisterte Brummen, das von Zeit zu Zeit aus dem Keller tönt, klingt wiederum weniger wissenschaftlich.

Mit der ersten Flasche, einem Gigondas, stoßen wir an auf die Datenübertragung im südlichen Jura. Wie viel Flaschen werden es morgen sein, die wir gekauft haben? Und übermorgen? In einem Jahr, wenn wir wieder weg sind? Welche Legenden werden sich bilden um den geheimen Weinkeller von Bellefontaine?

"Die Kühe, die mussten doch versorgt werden. Deshalb hatten die Soldaten ihn doch mitgenommen. Damit jemand für die Kühe sorgen konnte. Und in Deutschland ist er dann auf einen Hof gekommen, als **Céline** Fremdarbeiter. Geschlafen hat er mit dem Vieh im Stall und gegessen, was die Bauersleute ihm an Resten gaben. Und dann ist

135

etwas passiert. Vielleicht hat er ein durchgehendes Gespann angehalten, vielleicht einer kalbenden Kuh geholfen. Dann hat die Bäuerin gesagt, er soll in der Kammer schlafen, auf dem Strohsack. Und am Tisch sitzen beim Essen. Er hat als Letzter bekommen, wenn alle anderen satt waren, das bisschen, was übrig war, aus den Töpfen kratzen dürfen. Aber die Tochter hat darauf geachtet, dass immer noch ein Stück Brot übrig war zum Aufwischen und manchmal hat sie eine Kartoffeln 'vergessen' in der Schüssel beim Abtragen. Und dann...

Aber vielleicht ist er auch in eine dieser Munitionsfabriken verschleppt worden. Und er hat sich an den scharfkantigen Blechen die Hände aufgeschnitten, dass er nicht schreiben kann. Die Hände dick mit Lappen umwickelt. Und abends treiben sie ihn zurück in diese Lager mit Stacheldraht und Hunden und Wachtürmen ..."

Hélène legt ihre Hände über meine. „Er ist bei den Kühen geblieben. Da bin ich mir ganz sicher, Céline.", sagt sie, Hélène.

Katharina

Sie hatten es so gut gemeint. Die Einladung, das Essen, die Karten für Theater und Oper, der Vorschlag Sylvester in einer Kleinkunstbar zu feiern. Die Kinder hatten uns nach Hause zurückgeholt, Weihnachten im Familienkreis. Wir waren Gäste im eigenen Haus. Machte ich eine Tür auf, stand da ein lieber Mensch, drückte mir eine Tasse Tee oder ein Glas Sherry in die Hand und schob mich wieder hinaus ins Wohnzimmer. Einige dieser lieben Menschen sah ich zum ersten Mal, konnte sie aber nach kurzer Zeit einem der Kinder zu ordnen. Es gab Plätzchen, es gab Glühwein, es gab Abende voller Gelächter und angeregter Diskussionen – und es gab die Blicke. Die Kinder waren just diese winzige Spur zu gut, um echt zu sein. In ihrem Bemühen uns zu zeigen, was wir aufgegeben hatten, inszenierten sie ein Kunstgebilde, die Quintessenz ihrer Weihnachtserfahrungen, so rund, so schön, so harmonisch, einfach unerträglich. Ihr Plan, uns zum Bleiben zu überreden, war ebenso rührend naiv wie überheblich. Und das von den selben Menschen, die uns mit drei Jahren vor die Füße warfen: „Das ist doch mein Leben, das kann ich doch überstimmen!" und mit 16 stolz darauf waren, dass „wenn das ein Fehler ist, dann wenigstens mein eigener!"

Beim Mitternachtsimbiss nach der Oper – auch ein Novum – machten wir sanft aber unwiderruflich klar, dass wir diese Tage sehr genossen hatten, aber am nächsten Morgen fahren würden.

Am nächsten Abend wollen wir mit Roger und Alice anstoßen auf das Neue Jahr. Wir hatten eine schöne Flasche ausgesucht. Roger macht auf, zögert und tritt dann hinaus in die Dunkelheit. Er schließt die Tür hinter sich. Unsere Glückwünsche klingen plötzlich lahm, Roger schiebt mit der Schuhspitze ein Häufchen Schnee hin und her. Um die Szene zu beenden, händigen wir ihm den Wein und unsere Grüße an Alice aus und drehen uns zum Gehen. „Alice hat ihre beiden Onkel eingeladen. Wir laden sie immer zum Jahresende ein", ruft er uns nach und reißt plötzlich die Tür auf. „Kommt doch herein!", nimmt er meinen Arm und zieht mich zurück. „Sie können sich nicht leiden," flüstert er im Flur, „alte Geschichte, können sich einfach nicht ausstehen, die beiden. Und dann auf dem selben Hof zusammengesperrt." Seine Hände öffnen und schließen sich. „Seit fünfzig Jahren reden die nicht mehr miteinander. Sitzen in derselben Küche und sprechen kein Wort." Er schlurft widerstrebend zur Küchentür. Die Hand auf der Klinke dreht er sich

um. „Alice ist ihre einzige Verwandte, also muss es wohl sein. Manchmal hätte ich Lust, sie zu verprügeln!", und er lässt uns eintreten. Alice ist nicht zu sehen. In den Sesseln sitzen zwei ältere Herren, die bei unserem Eintritt mürrisch aufblicken. „Jules, Henri, das sind unsere neuen Freunde und Nachbarn, die, die den Hof von Céline gemietet haben." Sein Ton ist herausfordernd „Sie kommen aus Deutschland." Jules wendet sich brüsk ab: „Mein, Gott, kriegt ihr Boches die Schnauze denn nie voll. 14-18 haben wir Euch geschlagen, 45 habt ihr wieder eins in die Fresse gekriegt. Und kaum dreht man sich um, seid Ihr schon wieder da." Ich starre den Mann nur an, der offene Hass verschlägt mir den Atem, fieberhaft suche ich nach einer Antwort. Aus dem anderen Sessel kommt. "War schließlich nicht alles schlecht, was die Deutschen gemacht haben. Die wussten wenigstens, wie man Zucht und Ordnung hält." Hinter mir höre ich Philipp die Luft einziehen. Bevor er reagieren kann, kommt Alice aus der Vorratskammer geschossen. Sie plappert banale Floskeln daher, zwitschert mit hoher Stimme Plattitüden, zwingt den Onkeln ihre Aufmerksamkeit auf, bedrängt sie mit Gläsern und Häppchen. Sogar ihr Gang ist anders· sie tänzelt, hüpft, bewegt sich wie ein kleines Mädchen. Für einen Augenblick sehe ich sie als Kind, wie sie versucht, unbeschadet zwischen diesen Monumenten des Hasses hindurchzukommen. Es ist eine sehr ungemütliche halbe Stunde. Alice unterhält die Onkel, Roger spricht mit uns. Eine Kommunikation zwischen den beiden Gruppen findet nicht statt, Alice unterbindet jeden Versuch. Roger

bringt uns nach draußen. „Familie", sagt er nur schulter-
zuckend.

Silvester. Wir sind im Mondlicht mit Schneeschuhen zum Pass
hochgestapft, bis zur Unkenntlichkeit vermummt. Haben eng
umschlungen gewartet, bis die Feuerwerksraketen über Genf
Mitternacht anzeigten und mit steifen Finger den Champagner
entkorkt. Ich glaube, es wird ein gutes Jahr.

Das habe ich Alice erzählt. So hätte es doch sein können, das hätte er doch schreiben können. Eine Karte, wenige Worte. Alice schüttelt nur den Kopf. Warum nicht. Von anderen wird es doch

Céline

auch erzählt. Dass erst nur Mitleid da war, dann Hilfsbereitschaft und schließlich ein Gefühl entstanden ist. Alice schüttelt nur den Kopf. Sie glaubt es nicht. Aber ich will es so! Das Mädchen hat ihm geholfen, das mit dem Apfel. Und als alles vorbei war, ist Jean-Luc in das grüne Haus gegangen. Das war doch das einzige, was er wusste. Dass sie in dem grünen Haus lebte. Und sie war dort, mit ihrer Familie. Und sie haben ihn aufgenommen, als Christen-menschen, und ihn gebadet und gepflegt und genährt. Genau wie ich es mit ihrem Bruder Mathieu gemacht habe.
Die Gefangenen haben unten in der Eisenbahnböschung gearbeitet und oben waren die Kinder. Die Gefangenen mussten unten Geröll und Trümmer wegräumen von den Schienen, die Kinder haben sich oben einen Spaß gemacht, mit Steinen nach den Gefangenen zu werfen. Bis die Wache oder eine Mutter sie angefahren hat und sie alle schreiend weg gelaufen sind. Und dann ist ein Stein direkt

vor seine Füße gefallen und er hat hochgeschaut und hat dieses Mädchen gesehen, das ihn angeschaut hat und in das grüne Haus gegangen ist. Und als er sich wieder gebückt hat, war es gar kein Stein, sondern ein Apfel, eine winzig kleine, verschrumpelte, köstliche Gabe.

Alice steht auf und nimmt meine Hände. „Céline, das stimmt doch alles nicht!" sagt sie mit einer Stimme, als ob ich krank wäre. „Das weißt du doch, Céline!" Nichts weiß ich, aber ich will, dass es so ist. Soll sie mir das Gegenteil beweisen!

Alice ist gegangen und ich lese den Brief, den Jean-Luc mir geschrieben hätte. Sicherlich.

Und nachts weine ich in der Einsamkeit und denke mir neue Geschichten aus, warum Jean-Luc noch nicht nach Hause kommt.

Katharina

„Oh-la! Das sieht nicht gut aus!" nickt der Wirt zum Fenster. Bis eben fielen die Schneeflocken noch anständig vom Himmel, jetzt kann man durch das wilde Gewirbel nichts mehr erkennen. Wir verzichten auf den Kaffee und bezahlen. Der Wirt schlägt vor über Les Molards auf die Kreisstraße zu fahren, die würde wohl geräumt sein. Von dort sei es nur ein kleiner Umweg nach Bellefontaine. Er hat sicher recht, nur kommen wir nie nach Les Molards. Nach 10 Minuten Rutscherei dreht sich der Wagen zweimal um sich selbst und stellt sich quer. Philipp sucht die Schneeketten aus dem Kofferraum. Ich sehe ihn kaum im Scheinwerferlicht, so dicht ist das Schnee-treiben. Was das angeht, sehe ich auch sonst nicht viel. Rechts vor mir steht eine rot gestrichene Latte, die Markierung für

den Schneepflug. Ob die Straße rechts oder links daran vorbeigeht, ist nicht auszumachen. Der Schnee auf unserer Motorhaube wächst. Philipp lässt sich ins Auto fallen. „Ich schaff's nicht! Meine Finger sind völlig steifgefroren! Der Wind ist eisig!" Er bläst sich auf die Hände, steckt sie in die Achselhöhlen. Seine Kleider sind von einer schweren Schneeschicht bedeckt, die nun schmilzt. Nach einigen Minuten probieren wir es gemeinsam. Wir versuchen die Räder frei zu graben, doch nach kurzer Zeit müssen wir aufgeben. Nass und durchfroren sitzen wir im Auto. Der Motor ist aus, wir stellen uns auf eine kalte und lange Nacht ein. Ohne eine Spur von Ironie stellt Philipp fest: „Natürlich hat keiner von uns sein Handy dabei!" Als die Wagentür sich plötzlich öffnet, schreie ich los. Der Yeti, der im Schneesturm steht, hebt eine Laterne und leuchtet sich an. „Excusez-moi!" Er ist menschlich! „Sie können hier nicht stehen bleiben! Das ist meine Einfahrt! Außerdem kommt so der Schneepflug nicht durch." Philipp schildert unser Missgeschick, der Mann nickt. „Seit 1952 habe ich so etwas nicht mehr erlebt. Kommen Sie mit, wir regeln das." Der Weg zum Hof ist nicht lang, aber ich bin durch und durch nass und kalt als wir ankommen. Meine Schuhe kann ich wegwerfen! Meine Füße auch! In der Tür stehen schon mehrere Menschen, die uns beobachtet haben. Er stellt uns seine Frau und seine Schwiegertochter vor, zwei kleinere Kinder trauen sich nicht hinter dem Rücken der jungen Frau hervor. Kurz danach stecken wir in Trainingsanzügen, warme Socken an den Füßen, eine große Tasse Verveine-Tee in der Hand. Der Mann telefoniert, eine Hand am Hörer, die andere in ständiger Bewegung. Die beiden Frauen lassen sich unsere Geschichte erzählen. Unser Gastgeber kommt zurück: „Da draußen ist der Teufel los! Unser Cantonnier, der Gemeindearbeiter, wird Ihr Auto abschleppen. Sie kommen da sowieso nicht weg. Und selbst wenn, dann würden Sie 10 Minuten

*später irgendwo im Graben liegen. So einen Sturm habe ich
seit ewigen Zeiten nicht mehr gesehen! Sie bleiben also hier
heute Nacht!" Er blickt zu einer Frau hinüber, die nickt nur.
Eigentlich sollten wir anstandshalber ablehnen, aber wir sind
nur dankbar. Die junge Frau steht auf „Ich richte dann mal
ein Zimmer. Nein, nein, bleiben Sie nur sitzen!" Der alte Mann
grinst. „Sie haben Glück! Die jungen Leute haben hier
angebaut und machen im Sommer „Gîte rural", Ferien auf
dem Bauernhof. Was gibt es denn zu essen?" fragt er seine
Frau, und dann, ohne die Antwort abzuwarten, „Brauchen
Sie nicht etwas Stärkeres als Tee?"
Als der Tisch gedeckt wird, etwa eine Stunde später, hören wir
Motorengeräusch, dann das Abtreten schwerer Stiefel und das
schleifende Geräusch der Haustür. Herein tritt ein Riese, eine
unförmige Walze von Mensch. Er zieht zwei schneeverkrustet
Handschuhe aus, wickelt einen Schal ab, schlägt eine Kapuze
zurück, zieht eine Kappe mit Ohrenschützern ab und ebenso
die darunter liegende Skimütze, die die Nase bedeckt.
Inzwischen steht er in einer kleinen Pfütze Tauwasser. Dann
legt er einen knielangen Daunenmantel ab, zwei Pullover und
zieht schließlich ein Paar Armeestiefel und dicke Wollsocken
aus. Jetzt sieht er aus wie ein ganz normaler Mensch. Die
Kinder, die ungeduldig die Verwandlung beobachtet haben,
stürzen auf ihn zu und klettern an ihm hoch. Er küsst seine
Frau und seine Mutter, begrüßt den älteren Herren mit
Handschlag und dann uns. „Voilà, Ihr Auto steht im Hangar.
Ich habe es abgeschleppt und untergestellt. Mein Schneepflug
wird heute Nacht sowieso nicht in den Hangar kommen, bei
dem Sturm." Unser Dank wird lachend weggewinkt. „Erzählen
Sie das bloß nicht weiter, sonst will hier keiner mehr Urlaub
machen!" Wir teilen das Essen miteinander. Nach einer Stunde
muss Arnaud fort und die Verwandlung findet in umgekehrter
Reihenfolge statt. Während wir die Küche aufräumen, klingelt
das Telefon. Es wird sehr schnell und im Dialekt gesprochen.*

Dann kommt die Übersetzung: „Das war Roger. Der sucht Sie, weil der Wirt ihn angerufen hat, ob Sie gut nach Hause gekommen sind! Na, jetzt ist er jedenfalls beruhigt, dass er nicht mit dem Traktor rausmuss um Sie abzuschleppen. Schönen Gruß auch von Alice!" Er schaut aus dem Fenster. Die einsame Lampe vor dem Stall steht waagerecht im Sturm. In ihrem flackernden Licht kann man das verrückte Ballett der Schneeflocken beobachten. Vor der Stalltüre bildet sich eine Schneeverwehung, man kann ihr fast zusehen beim Anwachsen. Das Telefon klingelt wieder. Der alte Herr hört zu, nickt und dreht sich um. „Sie sind nicht zufällig Arzt? Schade!" Er wendet sich wieder zum Telefon. „Ruft in der Skistation an. Die haben einen Arzt und Motorschlitten." Mit einem kopfschüttelnden „So ein Leichtsinn!" legt er auf. „Die hatten nicht so viel Verstand," er grinst, „oder Glück wie Sie! Arno hat sie vor dem Essen schon einmal aus dem Graben gezogen. Jetzt hat er sie wieder gefunden. Keine dreihundert Meter weiter und völlig hysterisch. Alte Leutchen, man sollte meinen, dass die vernünftig wären, andrerseits, Genfer..." und der Rest geht in Gemurmel unter.

Die Kinder werden ins Bett gebracht, die junge Frau verabschiedet sich mit ihnen. Wir genießen noch eine Weile im freundlichen Schweigen die Wärme und Gastfreundschaft der Stube, bevor wir uns zurückziehen. Dann stehen wir vor den Kastenfenstern. Philipp legt von hinten seine Hände auf meine Schultern und mit wohligem Schaudern schauen wir in das Wüten hinaus.

Céline

Das Haus riecht nach Winter, nach Rauch und Mensch und Feuchte. Ich lasse alle Fenster aufstehen. Zuerst höre ich nur Hélènes Stimme. Ihr „Nein! Nein!" dringt bis zu mir. Jules Stimme ist leiser, drohend, nicht zu verstehen. Hélène Stimme klingt bittend. Seine Antwort kommt als hartes Lachen zu mir. Ich trete näher ans Fenster, doch das hilft nicht. Die Wut lässt Jules lauter werden. „Was glaubst du denn, wie das andersrum gelaufen wäre? Warum willst du so einen schützen, Hélène? Ausgerechnet du?" Hélène murmelt etwas, Jules antwortet zu leise. In mein Lauschen bricht der Schrei von Alice. Er steigt und schwillt und bricht dann ab. Und jetzt ist Ruhe da drüben.

Später kommt Jules zu mir und setzt sich auf den Tisch. Er sieht nicht anders aus als sonst, aber er macht mir Angst. „So, du hast also deinen eigenen Kriegsgefangenen, Céline?" Ich merke, wie sich meine Finger in die Oberarme drücken, bis es weh tut. „Du weißt, dass ich ihn erschießen könnte, Céline, und dich auch." Ich kann nur schlucken und auch das tut weh. „Um ihn wäre es sicherlich nicht schade." Plötzlich springt er auf und schüttelt mich. „Hast du was mit dem? Céline, machst du mit dem Schwein ʼrum?" Das ist so absurd, dass ich fast lachen muss. Jules lässt mich los, geht im Zimmer auf und ab. Dann bleibt er vor mir stehen, legt die Hände auf meine Schultern. „Céline, Hélène hat mir alles erzählt." Das gibt mir Mut. „Du verstehst das, nicht wahr, Jules. Es ist ein Tausch. Ein gerechter Tausch. Einer von ihnen für einen von uns. Das ist doch nur gerecht, Jules. Es ist doch nichts Unrechtes dabei. Ich behalte ihn nur so lange, bis Jean-Luc zurückkommt. Er weiß das. Er ist kein Gefangener. Er ist hier für Jean-Luc. Sobald Jean-Luc zurückkommt, kann er gehen." Warum schauen mich alle an, als ob ich krank sei. Jules atmet laut ein und aus und wischt sich mit der Hand über das Gesicht. „Céline" sagt er ganz langsam, „hast du schon mal daran gedacht, dass Jean-Luc etwas passiert sein könnte, dass er …" Jules macht eine vage Handbewegung. Jetzt weiß ich, was er will und meine Antwort kommt schnell und triumphierend: „Jean-Luc kann nichts passieren. Gott hat es mir versprochen. Ich habe ja Mathieu und so lange Mathieu nichts geschieht, geschieht Jean-Luc auch nichts." Jules schaut mich an und geht.

Alice geht mir aus dem Weg. Mathieu hat sie auch nicht gesehen. Auf meine Frage schüttelt er nur den Kopf. Die Kühe hat er alleine heimgetrieben. Alice ist nicht da. Abends kommt Hélène. Sie hat rote Augen. Die Sorge um Henri macht sie krank. Sie erklärt mir, was Jules beschlossen hat. Ich weiß nicht, wieso Jules etwas beschließen sollte, was ihn nichts angeht, aber ich höre ihr zu. Mathieu kann bleiben, bis auf weiteres. „Bis Jean-Luc zurückkommt.", korrigiere ich sie. Hélène schließt die Augen und nickt: „Bis Jean-Luc zurückkommt," stimmt sie zu. „Er darf Bellefontaine nicht verlassen und wir dürfen nicht über ihn sprechen. Nur so können wir ihn und uns schützen. Jules wird sich um alles kümmern, Céline." Bevor sie geht, frage ich nach Alice. Sie schaut mich mit ihren traurigen Augen an: „Alice ist krank, es geht ihr nicht gut. Sie wird morgen nicht kommen."

Hin und wieder klingelt das Telefon. Freunde oder Kollegen erkundigen sich mit echtem Interesse oder schlecht verhohlener Schadenfreude nach unserem Ergehen. Beide verabschieden sich mit vagen Versprechen, bei Gelegenheit, falls man in der Nähe, eventuell... Bei Hans Müller ruft die Sekretärin an, fragt, ob

Katharina

wir ihn für die Tage von bis beherbergen könnten, Herrn Dr. Müller mit Partnerin, drei Nächte, danke schön.

Unser Freund, den wir aus Diskretionsgründen Hans Müller nennen wollen, spielt in einer anderen Liga als wir. Charismatisch, mit jungenhaftem Charme, der Fähigkeit zum analytischen Denken, Freude an unkonventionellen Lösungen und Mut zu unpopulären Vorschlägen, das ist Hans. Hans kann alles: Politik, Wirtschaft, Kultur, Charme. Und das in einer Robert-Redford-Geschenk-Verpackung. Nur eines kann er nicht: Frauen. Oder wie ein Freund es einmal ausdrückte: „Hans spielt noch mit Puppen." Die Frauen, die er sich als Partnerin auswählt, ähneln einander sehr. „Ich weiß, wer Hans' Freundin ist, ich weiß nur nicht, wie er sie heute nennt", hat ein anderer Freund auf einen Empfang einmal gesagt. Wir mögen Hans sehr und bringen deshalb seinen Begleiterinnen viel freundliches Interesse entgegen. Sie kennen zu lernen, dazu reicht die Zeit nie.

Hans' Limousine rollt auf den Hof, eine langbeinige Schönheit steigt aus und blickt sich um. Was auch immer Hans ihr erzählt hat, dies entspricht nicht ihren Vorstellungen. Nach den Begrüßungen, sie heißt Serena, verlangt Hans eine Tour des „Anwesens". Er albert herum, erfindet Falltüren und blutrünstige Schicksale, überlegt sogar, das Bett gegen ein Lager in der Scheune zu tauschen. Serena stakst hinter ihm her, klug genug, ihr Schmollen zu verstecken, aber nicht stark genug, ihre Enttäuschung ganz zu verbergen.

Beim Abendessen, Paté, Käse, Baguette und Rotwein, schwelgen wir in Erinnerungen. Serena ist eine gute Zuhörerin. Wenn Hans sie anschaut, leuchtet sie auf, die Augen unverwandt auf ihn fixiert, sehr schmeichelhaft. Es ist weit nach Mitternacht, als wir uns zurückziehen. Es klopft, ich werfe mir schnell einen Bademantel über. Vor der Tür steht Serena, in dunkelblau fließende Seide gehüllt, beide Hände als schützende Hülle um etwas Zartes gelegt, Vogel, Fledermaus? Sie öffnet die Hände und herausquillt bordeaux-farbene Seide und Spitze, ein Hauch von Wäsche, den sie mir entgegenstreckt. „Könnten Sie das bitte bis morgen waschen?" Erst schaue ich sie nur an, dann quillt das Lachen über. Mit einem freundlichen „Bestimmt nicht!" schließe ich die Tür.

Die Wände sind dünn. Der unterdrückte hysterische Anfall ist beeindruckend, Hans diplomatische Fähigkeiten ebenso. Bei der nachfolgenden Versöhnung bemühen wir uns wegzuhören. Sehr früh am Morgen knarrt die Treppe. Jungenhaftes Pfeifen, Gespritze am Brunnen, dann der satte Ton eines starken Motors. Eine halbe Stunde später wieder jungenhaftes Pfeifen und das Öffnen der Tür. Brummend erhebt sich Philipp, um seinen Freundespflichten nachzukommen. Kurze Zeit später ist die Küche von Gelächter und Lärm erfüllt. Dann werden zwei Deckel zusammengeschlagen. „Frühstück!" Die Männer haben den kleinen Küchentisch hinausgetragen und wir frühstücken im Hof. Die große Limousine steht in der Sonne. An der Antenne flattert etwas Zartes, Bordeauxfarbenes.

Serena erscheint mit Sonnenbrille, die sie beim Hinsetzen ins Haar schiebt. „Ich verstehe nicht, wie Sie das aushalten!", sagt sie matt. „Die Tiere, dieser Krach, dieser Lärm! Ich habe die ganze Nacht kein Auge zugemacht." Es ist völlig albern, aber Philipp wird tatsächlich rot.

Sie hatte es sich wirklich verdient. Hans hatte uns den halben Tag mit nimmermüder Energie bergauf und bergab gescheucht. Serena versuchte erst gar nicht Begeisterung zu heucheln, aber sie hielt sich tapfer an seiner Seite. Nun besteht sie auf Nachtleben – als Belohnung sozusagen. Das Casino de Genève wird von Hans kategorisch abgelehnt, das erinnere ihn an die Arbeit. Also fahren wir nach Divonne. Mit dem Argument „Ich habe zu viel Glück in der Liebe, mein Schatz!" schaut Hans uns zu, diskutiert mit Philipp über Zufallsverteilungen, flirtet mit Serena und sorgt für Nachschub bei den Chips.

Wir warten im Foyer auf die Mäntel, gelangweilt wirft Hans eine Münze in eines der Spielgeräte. Er schafft es gerade noch, beide Hände unter den Geldsegen zu halten. Lachend sammeln wir die Münzen ein, Hans läuft aufgedreht von einem Automat zum anderen und füttert jeden mit Kleingeld. Das Geschepper und Geklirre, das folgt, zieht eine Menschenmenge an. Angestellte bringen einen kleinen Sack, wildfremde Menschen reichen händeweise Münzen an, Hans zählt und strahlt und lacht. Über das gutgelaunte Durcheinander hinweg blicke ich auf in das versteinerte Gesicht Serenas.

Am nächsten Morgen zieht sie die Sonnenbrille nicht aus. Sie besteht darauf abzureisen. Es sei ihr unmöglich zu schlafen, die Kuhglocken, die Tiere, die Vögel im Morgengrauen, der Lärm sei unerträglich. Hans zuckt die Schultern. Eine halbe Stunde später sind sie weg.

Céline

Ich will keinen toten Helden und ich will auch kein Kind des Vaterlandes! Ich will, dass Jean-Luc zurückkommt.

Der Bürgermeister hat den Pfarrer mitgebracht. Sie reden auf mich ein. Der Bürgermeister spricht von Ehre und der Pfarrer von Geld. Es ist lächerlich! Sie sind sich ja noch nicht einmal einig, was sie schreiben wollen, auf dieses Mahnmal. Es geht um Gilles. Gilles, den Widerstandskämpfer, Gilles, den Idioten. Den Helden aus Angst vor seinem Vater. Sie feilschen mit mir, bieten mir an, für eine Spende könnte Gilles ein totes Kind des Vaterlandes werden. Dass er selbst für viel Geld kein „Held der Nation" wird, ist ihnen wohl klar! Und

148

dann fangen sie an über Jean-Luc zu reden, so als sei er schon tot. Jean-Luc ist nicht für Frankreich gestorben, Jean-Luc lebt für Frankreich.Und ich werde ihnen kein Geld dafür geben, dass sie ihn für tot erklären. Ich will seinen Namen nicht sehen müssen, auf dieser Tafel, jedes Mal, wenn ich zur Kirche gehe. Dort, zusammen mit Julien und Etienne und Yves.
Wie hält Hélène das nur aus?

Der Frühling kommt – und mit ihm die **Katharina**
Wahlpropaganda. Als Neubürger haben wir kein Stimmrecht. Was wir aber haben, ist einen Briefkasten und so landen regelmäßig Wahlzettel darin. Ein foto- kopiertes Flugblatt spricht vollmundig von einem neuen Frühling, eine andere Liste nennt sich „L'avenir", die Zukunft, auch kein ganz bescheidener Anspruch. Beiden gemeinsam ist, dass sie mit viel Schwung über den alten Gemeinderat herziehen, beim eigenen Wahlprogramm sich aber auf das vage Versprechen zurückziehen, alles anders zu machen. Dann kommt ein Umschlag, adressiert und frankiert, mit dem Absender „Republique Francaise – Liberté – Egalité – Frater- nité". Wir denken an Steuern, aber auch dies ist ein Flugblatt. Aufgesetzt vom amtierenden Gemeinderat, enthält es eine Bilanz der geleisteten Arbeit, die seltsam defensiv klingt, und die Vorstellung eines großen Immobilienprojektes. Wir suchen eine Flasche Wein aus und machen uns auf den Weg zu Roger und einer Lektion in französischer Staatsbürgerkunde. Roger kratzt sich den Kopf, begutachtet die Flasche und bittet uns

am Nachmittag wieder zu kommen. Dann sei der Tierarzt zum
Impfen da, der war früher einmal Gemeinderatsmitglied.
Als wir gegen 5 Uhr am knallroten Audi des Tierarztes, ich
hatte mit etwas Geländegängigerem gerechnet, vorbei in die
Küche kommen, stehen die Gläser und der Weißwein schon
auf dem Tisch. Roger und Pierre, wie er uns vorgestellt wird,
haben schon einen kleinen Vorsprung. Denn, so erklärt uns
Pierre, das Wichtigste beim Impfen sei unbestritten der
Impfstoff, das Zweitwichtigste der „petit blanc" danach. Pierre
erklärt uns, dass wir ein außergewöhnliches Novum miterleben
dürfen, Mehrparteienwahlen in Grelley. Seit fast zwanzig Jahren
hätte der jetzige Gemeinderat regiert, nicht immer zur
uneingeschränkten Zufriedenheit, aber unangefochten. Wie ein
altes Zugpferd sei er den ausgetretenen Pfaden gefolgt, ohne
rechts oder links zu schauen. Nun hätten die meisten Mitglieder
ein recht ehrwürdiges Alter erreicht und dächten an den
Rückzug aus der aktiven Gemeindepolitik. Nach der nächsten
Amtsperiode, vielleicht, oder später. Jedenfalls hätten sie,
sozusagen als ihr Vermächtnis, ein großartiges Freizeitprojekt
an Land gezogen. Das Wasser der hiesigen Bäche sollte in einen
noch zu bauenden künstlichen See gepumpt werden, an dessen
Ufern dann ein Hotel und mehrere Wochenendhäuser entstehen
sollten, Arbeitsplätze, Infrastruktur, EU-Zuschüsse, es klang
alles sehr optimistisch. Das einzige Problem daran war, dass
außer den Gemeinderatsmitgliedern keiner dieses große
Tourismuszentrum wollte. Deshalb hätten sich - ein noch nie
da gewesener Fall - mehrere Interessenlisten gebildet. Dass
dabei die gleichen Nachnamen auf verschiedenen Listen
auftauchen, liege daran, dass der Vater im Gemeinderat sei,
der Sohn für den „Frühling" kandidiere und der Onkel für die
„Zukunft". Es sei nun auch nicht so, dass eine Liste
zwangsläufig gewinnen müsse. Das französische Wahlrecht für
kleine Kommunen sähe die Möglichkeit der „Panaschierung"
vor. Was in Deutschland jeden Wahlzettel ungültig machen

würde, ist in den kleinen Dörfern erlaubt. Man kann aus der Liste Kandidaten herausstreichen oder aus einer anderen Liste hinzufügen. Man darf nur nicht die für den Gemeinderat festgelegte Höchstzahl von Mitgliedern überschreiten. Dann ist der Wahlzettel wirklich ungültig. Ach ja, falls wir selber für die Zukunft irgendwelche politischen Ambitionen hätten: Als EU-Bürger haben wir nach einem Mindestaufenthalt von einem Jahr das passive und aktive Wahlrecht bei Kommunalwahlen. Aber der Bürgermeister müsse immer ein Franzose sein! Wir versichern ihm, dass unser Ehrgeiz nicht in diese Richtung gehe und kehren nach dieser Lektion nach Hause. In den nächsten Tagen finden wir wieder Flugblätter im Briefkasten. „Printemps" und „Avenir" stellen ihre Kandidaten vor. Auf unscharfen Schwarzweiß-Fotos, die durch das Kopieren noch weiter gelitten haben, schauen die Damen und Herren uns entgegen und stellen sich als Friseuse, Metzger, Steinhauer, Bauer, Bibliothekarin oder Informatiker vor. Eine Dame gibt als Beruf „Rentnerin" an. Allgemein scheint der Frühling 10 – 20 Jahre jünger zu sein als die Zukunft, und das sieht man auch in den Wahlversprechen. Der Frühling wird sich einsetzen für eine Erweiterung des Schulgebäudes, die Vergrößerung des Sportplatzes und den sofortigen Stopp des „größenwahnsinnigen" Bauprojektes. Die „Zukunft" legt den Schwerpunkt auf den Ausbau eines Transportsystems für Senioren und die Vergrößerung des Parkplatzes vor dem Friedhof. Und selbstverständlich auch auf den sofortigen Stopp des „größenwahnsinnigen" Bauprojektes. Unter beiden Flugblättern steht der Name eines Sponsors, nämlich zweier Kopiercenter in der benachbarten größeren Stadt. Wenn die amtierende Wahlliste sich des Sponsorings der „Republique Francaise — Liberté – Egalité – Fraternité" bedient, muss man den anderen wohl auch ein bisschen Wahlkampfhilfe zugestehen. Nach den Flugblätter kommen die anonymen Briefe, zumindest einer ist für uns anonym. Beginnend mit den

Worten: „Bevor Sie den amtierenden Gemeinderat wieder wählen, sollten Sie wissen, was er zu verantworten hat ...",
wird eine lange Liste von Unrechten, Probleme mit Wege- und Nutzungsrechten, gekündigte Pachtverträge und daraus resultierende Mindereinnahmen ..., aufgezählt, anhand derer der Schreiber für die Einheimischen sicher leicht zu identifizieren ist. Wirklich unangenehm ist das anonyme Flugblatt, das fein säuberlich jeden Kandidaten der Frühlingsliste zerlegt. Neben jedem Namen steht eine mehr oder weniger infame Anschuldigung. Kandidat A schlage sein Frau, B habe in seiner Jugend wegen Drogenproblemen im Knast gesessen, C mag ja Steine behauen können, aber lesen und schreiben, E und F wollten doch nur deshalb in den Gemeinderat, um ihre sauren Wiesen in Bauland umwidmen zu können, so geht es die ganze Liste durch.
Pierre den wir beim Einkaufen treffen, schüttelt nur den Kopf. „Wer auch immer das war, hat nur erreicht, dass die Leute sich hinter die Frühlings-Liste stellen. Reine Trotzreaktion! Wir werden ja sehen." Einige Tage nach dem Wahlsonntag im März hängt dann im Schaukasten der Mairie das Ergebnis aus. Die Wähler haben ihr Recht auf Panaschierung genutzt. Es wird einen „Frühling" geben für Grelley, aber mit der „Zukunft" sieht es düster aus.

Céline

Es geht nicht weiter so mit ihr! Die Arbeit bleibt liegen, ich muss alles allein machen. Sie ist noch nicht gesund, das sieht man doch. Dunkel, mit riesigen Rändern, die Augen, und anschauen kann sie mich auch nicht. Hélène muss etwas tun. So kann Alice mir nicht helfen. Und Mathieu nimmt sie mir auch weg. Kaum spricht man sie an, beginnt sie zu weinen, steht einfach da, es schüttelt sie am ganzen Körper. Mathieu taucht dann neben ihr auf, nimmt sie auf den Arm, wie ein kleines Kind, und trägt sie weg. Ich kann schreien und rufen so viel ich will. Manchmal höre ich sie irgendwo reden, in der Scheune, hinter der Gartenmauer. Wenn ich sie suche, ist niemand da. Ich will auch jemand, mit dem ich reden kann. Mit Hélène kann ich nicht reden. Sie hört mir zu, schüttelt dann den Kopf, glaubt mir nicht. Über Jean-Luc will ich reden, warum er immer noch nicht zurückkommt. Es muss an diesem Mädchen liegen. Sie hat ihn in das grüne Haus gelockt und jetzt will sie ihn nicht mehr gehen lassen. Sie will ihn ganz für sich alleine haben, meinen Jean-Luc. Nicht einmal eine Karte erlaubt sie ihm zu schreiben. Sie hat ja keine Ahnung, was sie anstellt. Sieht nur sich und ihr Glück mit Jean-Luc. Was mache ich denn mit Mathieu, wenn Jean-Luc nicht zurückkommt. Was mache ich denn mit Mathieu, wenn Jean-Luc nicht zurückkommen will. Ich muss mit Mathieu reden. Aber Mathieu spricht nur mit Alice. Und die redet nicht mit mir. Was mache ich nur?

Roger ist völlig aufgelöst. „Könnt Ihr uns fahren, schnell, die Frau hat einen Unfall!" Er ist schon wieder weg, während Philipp noch den Schlüssel sucht. Ich laufe hinter ihm her. Er spricht mit sich selbst, „Ich hab das nicht gewollt! Ich hab das

Katharina

nicht gewollt!" Alice sitzt vor der Tür, gegen die Bank gelehnt, die Arme um den Leib geschlungen. Ihre linke Gesichtshälfte ist geschwollen, ein handtellergroßer Blutergusses breitet sich ober- und unterhalb des Wangenknochens aus. Von der Braue zum Ohr läuft ein blutiger Riss, den sie immer wieder mit einem Lappen abtupft. Ihr linkes Ohrläppchen ist völlig deformiert und blutet stark. Roger läuft hilflos auf und ab, bis Alice ihn ins Haus schickt, Erbsen zu holen. Er kommt mit einer Tüte Tiefkühlgemüse zurück, die Alice in das Tuch einschlägt und auf die geschwollene Wange legt. Philipp fährt vor, auch ihm sieht man die Sorge um Alice an. „Wo ist das nächste Krankenhaus?" fragt er. Alice wehrt wieder ab. „Ich will zu Dominique, Roger!", bestimmt sie und wendet sich Philipp zu. Dominique, so erklärt Roger, ist ein Freund aus Kindertagen, der noch immer seine Praxis offenhält für alte Patienten. Aus dem Jungen, der Alice auf dem Pausenhof umworben hat, ist der Arzt und Freund der Familie geworden.

„Ich will nach St. Claude, zu Dr. Dutrant." – „Alice, das muss genäht oder geklammert werden!" – „Das ist nur ein kleiner Schnitt! Das geht schon!" Sie schiebt mich weg, lässt sich von Roger ins Auto helfen. Die Fahrt über die engen Straßen dauert eine Ewigkeit. Der Fleck auf Alice' Wange verdunkelt sich. Aber das Blut läuft nicht mehr. Ich beobachte sie im Rückspiegel. Mit der einen Hand presst sie die Erbsen gegen ihr Gesicht, mit der anderen streichelt sie Rogers Unterarm. Vor der Praxis helfen wir Alice hinaus, während Philipp einen Parkplatz sucht. An der Tür hängt ein Schild „Bitte klingeln und eintreten." Französische Landärzte haben im Allgemeinen keine Sprechstundenhilfe, deshalb lassen wir uns selbst hinein. Im Wartezimmer sitzt eine bunte Mischung: Mütter mit hustenden Kindern, ein asthmatischer Alter, begleitet von einer jungen Frau, ein mürrisch dreinblickender Jugendlicher ohne äußerlich erkennbare Symptome. Die junge Frau steht auf:

*„Alice, was hast du denn angestellt!", und klopft ohne eine Antwort abzuwarten an die Tür des Sprechzimmers: „Docteur, ein Notfall!" Die Tür wird aufgerissen, ich sehe ein Wirrwarr von weißen Haaren über einer kleinen runden Brille. Der Arzt stellt die gleiche Frage wie die junge Frau und nimmt Alice mit in ein Nebenzimmer. Roger kann sich nicht setzen, er tigert im Wartezimmer auf und ab. „Roger, beruhige dich! Was ist denn passiert!" Roger dreht die Kappe zwischen den Händen. „Ich hätte das nicht tun dürfen! Ich hätte das selber machen sollen. Hätte ich doch nur den Kerl gehalten! Wäre ich doch nur ..." Die junge Frau legt Roger die Hände auf die Schultern. „Roger, setz dich hin und erzähle, was passiert ist!" – „Du weißt doch, das eine kleine Kalb, das falbe, das die ganze Zeit so gekümmert hat. Der Viehdoktor hat uns Vitaminspritzen dagelassen. Alice hat den Kopf gehalten und ich wollte die Spritze setzen, da tritt das Biest nach mir. Und die Spritze fällt hin und Alice bückt sich um sie aufzuheben und da tritt der kleine Teufel mit dem Hinterbein zu. Erst in den Magen, dann ins Gesicht. Das ganze Gesicht hat er ihr aufgerissen. Den Ohrring, ich muss den Ohrring suchen!" Er schlägt die Hände vors Gesicht und schüttelt den Kopf. „Hätte ich doch nur den Kerl gehalten! Wäre ich doch nur ..." Die junge Frau legt den Arm um Roger und drückt ihn. „Mach dir keine Sorgen! Alice, die hält schon etwas aus!" Dann wiederholt sie Rogers Geschichte sehr langsam und sehr laut für den Alten neben ihr. „Dreckige kleine Biester, Kälber!" nickt der nur. „Dreckige kleine Teufel, nix als Faxen und Übermut!"
Es dauert über eine Viertelstunde bis Alice wiederkommt. Der Riss im Gesicht ist mit Klammerpflastern versorgt worden. Auch die untere Ohrmuschel ist abgedeckt. Der Arzt gibt Roger ein Blatt in die Hand und erklärt ihm, dass Alice nun noch zum Roentgen müsse. „Was soll das Dominique?", beschwert sich Alice. „Alice, du hast zwei gebrochene Rippen." - „Ich weiß,*

*du hast sie gerade verbunden." - „Wir müssen das abklären",
beginnt der Arzt. „Und würde das irgendetwas an deiner
Behandlung ändern, Dominique?" Der Arzt kapituliert
kopfschüttelnd und dreht die Handflächen nach oben. „Alice!"
- „Nur, damit ich das richtig verstehe: das Roentgen dient
eigentlich nur deiner Neugier, nicht meiner Heilung?" Wortlos
nimmt der Arzt Roger das Blatt aus der Hand und reißt es in
vier Teile. Beim Weggehen dreht er sich um. „Eh, Roger, und
das Kalb, wie sieht das aus?" – „Ich hab's mit der Faust
umgehauen, das schläft noch!"
Alice hält Hof in der Küche. Die Männer haben ein Sofa aus
der Stube in die Küche gewuchtet und sie hat darauf Platz
genommen. Sie scheucht Roger herum, den Apero
vorzubereiten, schließlich sind zwei gebrochene Rippen kein
Grund, die Gastfreundschaft zu vernachlässigen. Seine
Hilflosigkeit ist anrührend. Philipp empfindet das wohl ebenso
und in wortloser Verständigung bietet er an, dass wir in den
nächsten Tagen das Kochen übernehmen. Wir sind schon
wieder zu Hause, als mir einfällt, dass wir damit nicht nur für
Alice und Roger kochen werden.
Roger ist in die Stadt zur Apotheke gefahren. Der alte Herd
hat sich selbst übertroffen, das Boeuf bourgignon duftet
verführerisch. Der Korb, in dem ich die Töpfe zu Alice bringe,
hinterlässt eine anregende Duftfahne zwischen den Höfen. Alice
sieht den zweiten Topf und richtet sich mühsam auf. „Er wird
nicht mit Ihnen reden," sagt sie. „Lassen Sie ihn einfach in
Ruhe." – „Ich bringe ihm nur etwas zu essen, ich werde ihn
nicht angreifen!", versuche ich zu scherzen. Alice schaut mich
von unten an. „Allein, dass Sie hier sind ..." Sie beendet den
Satz nicht. Die Anspielung treibt mich in die Verteidigung. Alices
Hand schneidet durch meine Begründungen. „Es liegt nicht
daran, dass Sie deutsch sind." Die starken Medikamente zeigen
ihre Wirkung, lassen die Worte seltsam betont wirken. „Lassen*

Sie ihn einfach in Ruhe, wenn Sie mir und ihm helfen wollen."
Im Kopf widersprüchliche Argumente und in den Händen einen
Eintopf, stehe ich vor seiner Tür und komme mir ziemlich
lächerlich vor. Ich stelle den Topf ab, um zu klopfen und sage
der verschlossenen Tür mein Sprüchlein „...de la part d'Alice"
auf. Was ist das bei ihm: Angst, Hass, Altersdemenz?
Füße kommen zur Tür, ein Spalt tut sich auf, eine Hand greift
nach dem Topf, die Tür fällt zu. Mein Bon appétit kommt wohl
sarkastischer als beabsichtigt. Die Tür öffnet sich, türkisblaue
Augen starren mich an, unbewegt und bar jeder Neugier. Das
kann ich auch, auch wenn das bedeutet, dass ich vom Rest des
Gesichtes nicht viel mitbekomme. Dieser Sturheitstest dauert
ungemütlich lange, dann fällt die Tür langsam zu. Angst und
Schwachsinn kann ich ausschließen.
Philipp kontert meine Erzählung mit Gleichmut. „Gut, dann
ist er ein Fossil aus dem Ersten oder Zweiten Weltkrieg, das
die Deutschen hasst. Das ist sein gutes Recht. Und du, mein
Schatz, wirst nichts daran ändern können. Konzentriere dich
bei deinen Bemühungen um die deutsch-französische Freund-
schaft auf Alice und Roger. Da scheint die Verständigung doch
zu klappen."
Am nächsten Tag erwartet mich Roger an der Tür, um mir
beide Töpfe abzunehmen. Nach drei Tagen stellen wir - auf
Alice' Wunsch - den Catering-Service ein.
Abends sehe ich ihn, Mathieu, zufällig vor Alice' Tür. Wahr-
scheinlich beschwert er sich über meine Impertinenz oder den
schlechten Service. Philipp amüsiert sich über meine Wider-
sprüche und meint, der Mann habe sicher nur den Topf zurück-
gebracht. Eines der wenigen Dinge, die ich an Philipp über-
haupt nicht leiden kann, ist, dass er meistens recht hat, wenn
er mir widerspricht.

Céline

Ich bin so müde. Das ist die Hitze, sagt Hélène. Es sind die Träume. Ich sehe sie, unsere Kühe, durch den Rauch. Ganz deutlich, Bibiche und Chouette und die anderen, in der großen Herde. Und dann fallen die Blitze in die Herde. Es ist furchtbar. Überall ist da Feuer und Rauch und Schreie und Lärm. Die armen Kühe. Manche fallen einfach nur um, andere haben blutiges Fell, brennen. Sie haben das Maul aufgerissen und schreien den Himmel an, die Augen verdreht vor Angst. Und sie fangen an zu laufen, ganz langsam zuerst, man sieht die Bewegung kaum. Es ist wie damals, als der Hang über dem Chalet ins Rutschen geriet und den Abhang hinunterdonnerte. Man spürt die Bewegung mehr, als dass man sie sieht, doch dann wird sie immer schneller. Blind vor Rauch und Angst drehen die Kühe sich im Kreis, trampeln über ihre gestürzten Nachbarn, brüllen. Immer wieder schlagen die Blitze ein und die Erde spritzt in den Himmel, hochgeworfen von den stampfenden Hufen. Und ich renne und brülle mit den Kühen, werde wach von meinem eigenen Schrei und liege dann keuchend und erschöpft. Trotzdem warte ich auf diese Träume, denn er ist auch da. Kurz bevor die Blitze in die Herde fahren, sehe ich ihn. Jean-Luc, so wunderschön, hell und strahlend. Er lächelt mir zu, er winkt. Da ist kein Mädchen und kein grünes Haus, nur Jean-Luc und ich. Ich möchte ihn in den Arm nehmen, ihn festhalten. Ich muss ihm so viel erzählen, von Alice, von Mathieu, vom Alten, vom Hof. Ich laufe auf ihn zu. Und dann fallen die Blitze in die Herde.

Gelegentlich hören wir Sirenen aufheulen. Meist Sonntagsmorgens um 11 Uhr. Roger hat uns beruhigt, das ist der Frühschoppen der Feuerwehr. Einmal war es am Abend, Roger fuhr nach Grelley und kam rußge-

schwärzt zurück. Die Scheune von Paul Lestiaux war nicht zu retten gewesen. Jeder wusste, dass 30 Korbflaschen mit schwarzgebranntem Alkohol dort lagerten. Als die erste hochging, zog die Feuerwehr sich zurück und überwachte die benachbarten Gebäude. Halb Grelley stand daneben und kommentierte jede weitere Explosion mit Sachkenntnis und Schadenfreude, während Paul von einem zum anderen lief und jedem beteuerte, dass das ein defektes Kabel, ein Kurzschluss, die alte Elektroinstallation sein müsse. Wie wir später erfuhren, war die Versicherung bedeutend leichtgläubiger als die Einwohner von Grelley...

Das hier war anders. Aber jetzt ist es vorbei.

Die Kleine ist knapp drei Jahre alt und schläft nun völlig erschöpft in der Armbeuge ihres Vaters, den Kopf über seine Schulter gelegt. Die Sirenen waren den ganzen Nachmittag zu hören, mal weiter entfernt, mal näher. Es störte und machte neugierig. Am frühen Abend kommt ein Jeep der Feuerwehr in unser Tal, hält vor jedem Hof und steht schließlich in unserer Einfahrt. Der junge Freuerwehrmann, der an Weihnachten die Kalender verkauft hat, hat es eilig. Seit drei Stunden werde ein dreijähriges Mädchen vermisst. Die Eltern hätten schließlich die Polizei gerufen, die eine Suche in den Wäldern nahe des Ausflugslokales in die Wege leitete. Mit fortschreitender Zeit wurden immer mehr Männer aus den umliegenden Dienststellen angefordert, schließlich die freiwilligen Feuerwehren der benachbarten Dörfer alarmiert. Jetzt, kurz vor Einbruch der Dämmerung, bitte man um Freiwillige, um die Suche vor der Dunkelheit noch einmal zu intensivieren. Wir brauchen nicht lange, um die Wanderschuhe anzuziehen, auf dem Rückweg durch das Tal sammeln wir Roger, Alice und die Brüder aus dem ersten Hof auf. Alice besteht darauf, dass es ihr wieder gut geht. Vor dem Lokal steht eine Armada von großen und kleinen Rettungsfahrzeugen. Zwei Motorradstreifen kommen von einer Kontrollrunde zurück. Der Einsatzleiter teilt uns einer Gruppe der örtlichen Bergwacht zu. Wir werden mit Triller-pfeifen und langen Stöcken ausgestattet. Der Führer der Gruppe erhält ein Planquadrat zugeteilt, das wir im Gänse-marsch, schräg versetzt, absuchen sollen. Über Funk kommt die Meldung, dass die Hundestaffel eingetroffen sei, der Polizeihubschrauber in Lyon startklar stehe. Eine Gruppe Polizisten steht um die Eltern herum. Die Mutter drückt mit steinernem Gesicht zwei größere Kinder eng an sich, der Vater löst sich aus der Gruppe, geht zu einem Wagen und kommt mit einem zersauselten Plüschtier zurück. Die Hundeführer lassen ihre Tiere die Witterung aufnehmen, die Hilfstruppen, wir, werden zurückbeordert, um die Hunde nicht zu verwirren. Tatenlos stehen wir herum.

Eine Gruppe Radfahrer auf dreckverspritzten Mountainbikes erstattet atemlos Meldung, dass sie auf dem abgefahrenen Rundweg ein Haarband gefunden haben. Doch die Mutter schüttelt nur den Kopf und krallt die Hände in die Schultern der Kinder. Zwei Reiter auf nassen Pferden berichten, dass sie das Bachufer abgeritten seien, ohne Spuren zu finden. Der Blick, den die Frau ihnen daraufhin zuwirft, zeigt, dass sie sich dieser Gefahrenquelle gar nicht bewusst gewesen war. Das Lokal ist leer, auf der Terrasse ist niemand, alle stehen herum, diskutieren, warten. Plötzlich knistern die Funkgeräte, ein älterer Polizeibeamte hebt sein Gerät ans Ohr, lauscht. Tränen schießen ihm in die Augen. „Sie haben sie gefunden..." Die Frau schreit auf, lässt die Kinder los und dreht sich weinend zu ihrem Mann. „Sie haben sie gefunden!" Jetzt lacht der Polizist unter Tränen. „Es geht ihr gut, es geht ihr gut!" Die schwere Stille, die für Sekundenbruchteile über uns allen gelegen hatte, zersplittert, wildfremde Leute liegen sich in den Armen, klopfen sich auf den Rücken, schütteln sich die Hände. Die Frau kann nicht aufhören zu weinen. Sie lächelt bei jedem freundlichen Händedruck, wischt sich mit dem Handrücken die Tränen aus dem Gesicht, nickt lächelnd dem nächsten zu und weint ununterbrochen.

Es dauert unendlich lange acht Minuten, bis die Hundeführer eintreffen. Die Kleine sitzt auf der Schulter eines Polizisten, die Haare zersaust, Daumen im Mund, verweint, verschlafen. Auf der Schulter des Mannes, unter dem Rock der Kleinen, breitet sich ein großer Fleck aus. Die Geschwister rennen auf sie zu, reden auf sie ein, doch die Kleine hat die Augen fest auf ihre Mutter gerichtet und streckt kurzfristig beide Arme nach ihr aus. Dann muss ein Arm reichen, den Trost des Daumens kann sie noch nicht entbehren. Der Vater drückt Frau und Kind fest in die Arme, dreht sich um und ruft: „Ihr seid alle eingeladen!" Pferde werden angebunden, Fahrräder gegen die Mauern gelehnt, wir geben Stöcke und Trillerpfeifen zurück und folgen den anderen in das kleine Lokal.

Die Wirtin gießt Kir aus Zweiliter-Krügen aus. Die Feuerwehr-leute und die Polizisten, die noch ihr Material und ihre Fahrzeugen verstauen mussten, schließen sich der feiernden Menge an. Weitere Krüge mit Kir werden herumgereicht. Die Kleine hebt den Kopf und sagt zum Hundeführer, er sei so schön und so weich. Als dieser lächelt, stellt sie richtig: „Nicht du, der Hund!" Alle reden und lachen durcheinander. Ein Helfer erregt sich, dass die Hunde erst so spät angefordert worden seien. Der Leiter der Polizei ist verletzt. Angefordert waren die Hunde schon sehr früh in der Suche, aber die Hundestaffel ist in Annemasse stationiert, auf der anderen Seite des Genfer Sees. Da die Hunde französische Staatsbedienstete seien, die im offiziellen Auftrag unterwegs waren, hätten sie nicht durch Schweizer Staatsgebiet, also schnell über die Genfer

Stadtautobahn, fahren dürfen, sondern den Umweg um die Schweiz herum durch französisches Staatsgebiet nehmen müssen, daher ihr spätes Eintreffen. Der Einsatzleiter erzählt, dass der Hubschrauber just in dem Moment abheben wollte, in dem die Kleine gefunden wurde. Der Brigadier erinnert sich, dass sie in diesem Wäldchen ein junges Mädchen gesucht hätten, nachdem dessen reiterloses Pferd im Stall aufgetaucht sei. Das Mädchen wiederum habe sein Pferd gesucht und sich von den Rufen der Sucher nicht angesprochen gefühlt. Die kleine Senken, Hügel und Felsen machen diesen Wald zu einem trügerischen Terrain, ein langwieriges Versteckspiel. Fast jeder kann eine Geschichte beitragen. Die Kleine erklärt, sie habe müde Regenwürmer gesehen und im Wald nach Blättern zum Zudecken gesucht. So sei sie wohl aus dem Blickfeld der Eltern geraten.

Der Hundeführer erzählt, dass die Hunde das Mädchen zuerst nicht gefunden haben. Zu viele Spuren von Helfern und Suchenden, die in unmittelbarer Nähe an dem schlafenden Kind vorbeigegangen seien, hätten die Hunde verwirrt. Alle reden, lachen und gestikulieren, die Spannung löst sich. Nach und nach verabschieden sich die freiwilligen Helfer. Das Elternpaar verlangt und bezahlt die Rechnung für 16 Liter Kir. Die Frau nimmt dem ausgelassenen Vater sanft die Autoschlüssel ab. „Ich fahre lieber, falls wir in eine Kontrolle geraten..." Da dreht sich der Polizeichef mit pompöser Geste um. „Madame", fragt er, „Wer sollte Sie denn kontrollieren? Meine Männer sind alle doch hier!"

Der junge Feuerwehrmann bringt uns nach Bellefontaine. Wir sind erfüllt von einer gewissen Kir-seligen Müdigkeit und einem angenehm euphorischen Gefühl.

Und trotzdem will er es tun, sagt Hélène. Jules wird sich um alles kümmern. Ich verstehe es nicht. „Céline," sagt Hélène, nimmt meine Hände und legt sie auf die Tischplatte. Dann legt sie ihre Hände darüber, schützend, fest. „Jules wird versuchen, Mathieu zu schützen." Ich werfe einen Blick auf Jules, der wie unbeteiligt neben ihr sitzt. „Warum tut er das? Er hasst die Deutschen. Er hasst Mathieu." Hélène betrachtet ihren Bruder. „Ja, er hat mehr als einen Grund, die Deutschen zu hassen. Wir haben zu lange gewartet, Céline. Wenn die Wahrheit jetzt herauskäme, würden sie Mathieu erschießen und dich auch, als Hure, als Naziflittchen." Ich will etwas sagen, da schlägt Jules mit der Faust auf den Tisch. „Sei nicht so verdammt naiv, Céline! Du bist eine erwachsene Frau! Du lebst in einer Kinderwelt. Einen Handel mit Gott. Dass ich nicht lache! Eine einsame Frau und ein Mann. Da brauche ich keine göttliche Fügung." Ich kämpfe mit meiner Angst. „Er ist hier, weil er für Jean-Luc ... Er würde nie ... Er ist doch noch so jung! Er hat doch nichts getan." Jules springt auf, fasst meine Schultern und schüttelt mich wild hin und her. „Ich habe gesehen, was sie getan haben. In Echerans, in Dortrans. Ich habe die Dörfer gesehen, die Ruinen der Höfe, abgebrannt, weil wir dort eine warme Mahlzeit erhalten haben." Er schlägt die Hände vors Gesicht und taumelt aus der Tür. Hélène hält immer noch meine Hände fest. „Er wird es tun, weil er mich liebt. Er liebt mich mehr, als er die Deutschen hasst. Mich und Alice und auch dich, Céline." Sie schaut hinaus, ihrem Bruder hinterher.

„Seit fünf Jahren hat er nur seinem Hass gelebt. Er muss jetzt wieder lernen, dass es andere Gründe zum Leben gibt. Sonst wird er an seinem Hass zugrunde gehen." Hélène nimmt meine Hände, faltet sie in ihre, streichelt sie sanft. Ich komme mir vor wie ein kleines Tier, dass sie beschützt. Hélènes Stimme ist sehr leise, als spräche sie nicht mit mir sondern mit sich selbst. „Als Yves starb, wäre ich beinahe mit ihm gegangen. Ich konnte seinen Tod nicht ertragen.

Ohne Alice ... Keine Mutter sollte ..." Sie schaut mir ins Gesicht. „Céline, wenn es dir hilft, an Jean-Lucs Rückkehr zu glauben, dann soll Mathieu bleiben. Wir haben mit ihm gesprochen." Sie lächelt halb. „Eigentlich hat Alice mit ihm gesprochen. Sie sagt, er will bleiben. Sie hat ihm das Versprechen abgenommen, dass er bleibt. Wie viel das wert ist, weiß ich nicht, Alice glaubt ihm." Sie lässt meine Hände los und steht auf. „Und Jules hat Mathieu versprochen, dass er ihn findet und erschießt, wenn er dir oder Alice wehtut."

Er macht es immer wieder! Als ob ihn etwas dazu zwingt. So oft Jules bei Hélène ist, sucht er Mathieu. Er beschimpft ihn, verhöhnt ihn, beleidigt ihn. Mathieu verteidigt sich nicht, er steht nur da und schaut Jules an. Dann kommt Alice gelaufen, zwängt sich mit geballten Fäusten zwischen ihren Onkel und ihren Freund. Sie schiebt Jules soweit zurück, dass sie ihm ins Gesicht sehen kann. Und Jules denkt an Echerans, wendet beschämt den Blick ab und geht.

Katharina

Natürlich verfügt auch Philipp über jenen Zufallsgenerator hingenickter oder gebrummter Zustimmungen, mit denen ein gut trainierter Ehemann über lange Zeit den Eindruck einer Unterhaltung aufrechterhalten kann. Doch seine Augen verraten ihn. Während er sortiert und inventarisiert, aufschreibt, abhakt und durchstreicht, auf meine Fragen oder Bemerkungen vieldeutig „Hmm"t, ist er in Gedanken woanders. Dieser nach innen gerichtete Blick heißt wahr-

scheinlich, dass er gerade die winzige, aber ent-
scheidende Änderung in der Versuchsanordnung
anbringt, die zum Durchbruch führt. Oder den
Verwaltungsrat mit schlichten, aber unwider-
legbaren Argumenten überzeugt, seine Haushalts-
mittel zu erweitern. Vielleicht täusche ich mich aber
auch und er überlegt nur, wie er das Fassungs-
vermögen unseres Weinkellers mit dem unseres
Wagens übereinbringt.

Ich ertappe mich beim Summen und muss lächeln.
Die wenigen handgeschriebenen Blätter stellen
wahrlich keinen Anlass für Lobgesänge dar.
Philipps Buch liegt via E-mail auf dem Schreibtisch
seines Lektors. Meine Texte, Fotos und Layout-
Entwürfe warten auf einen ersten Probedruck. So
sind diese Notizen, die ich mir zu Alice' Geschichten gemacht habe, das Einzige, was ich von diesem
Jahr in der Hand halten kann. Ein ganz klein wenig
gerührt raschle ich noch einmal die Blätter zusammen, schüttele sie länger als unbedingt nötig in
die richtige Lage, stoße die Kanten gerade und
lege sie dann fast widerstrebend in die Umzugs-
kiste.

Während wir beginnen zu packen, breitet das Land
noch einmal seine Arme aus in bedingungsloser
Gastfreundschaft. Sie empfängt uns an jedem
Dorfeingang: Handgemalte, gedruckte, in Spruch-
bändern über die Straße gespannte Einladungen
zum Nationalfeiertag. Die Organisatoren variieren
von Ort zu Ort, mal ist es die Freiwillige Feuerwehr, mal die Elternorganisation, mal ein
dörfliches Festkomitée. Das Programm ist fast
identisch: ein kleiner Festakt mit Ansprache und
„verre d'amitié", danach das Boule- oder Petan-

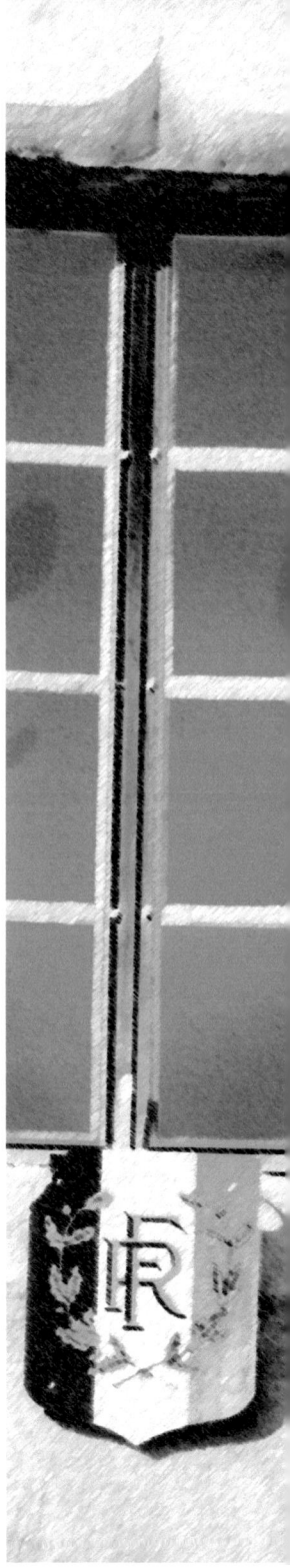

que-Turnier. Abends „repas champêtre", dann „bal gratuit" und mit Einbruch der Nacht Feuerwerk. Musikalische Präferenzen zeigen sich deutlich: wirbt der eine Ort mit „bal musette", so ist es beim nächsten eine Alleinunterhalterin mit Hammond-Orgel. Der Nachbarort bietet sogar eine mobile Disco mit „Light-Show" an. Eigentlich wollten wir der alljährlichen Völkerwanderung des 14. Juli entkommen und ein paar Tage vorher nach Deutschland zurückkehren. Als wir Alice und Roger zur Abschiedsfeier ins Collège einladen, ist Roger entsetzt. Nein, und da ist er eisern, wir müssten bleiben und mitgehen auf den „Bal musette" in Grelley.

Der 14. Juli ist ein strahlend schöner Tag, wie immer, versichert Roger. Die Vorbereitungen für den Tag fangen früh an. Roger fährt seinen 2CV aus dem Holzhaus. Ich bin ganz verliebt in dieses alte Auto. Eine richtige alte Ente mit Stoffverdeck, der Lack cremefarben, stumpf und matt. Unser erstes Studentenauto. Erinnerungen an erste Frankreichfahrten, wildes Campen am Strand, Rotwein, Baguettes und Käse. Nächtelange Streitgespräche über weltbewegende, philosophische Ideen, zermürbende Diskussionen darüber, wer nun die lebenden Krebse ins kochende Wasser schubsen müsse. „Alice will zum Friseur!", erklärt er mit dem Lächeln eines Mannes, den es glücklich macht, seine Frau glücklich zu machen. „Und das Ersatzteil für den Traktor ist auch angekommen." Ein romantischer Pragmatiker! Alice kommt aus dem Haus, im Kleid mit Handtasche und Hut und steigt zu ihrem Roger. Roger hat uns verraten, dass sie nach dem Krieg, noch keine 12 Jahre alt, Traktor fahren gelernt habe. Aber sie habe nie den Führerschein gemacht und weigere sich standhaft dies nachzuholen. Das wiederum bestätigt Roger in seiner Rolle als Beschützer, was ihn nun seinerseits stolz und glücklich macht.

Als sie zurückkommen, trägt Alice einen dunkelbraunen Lockenkopf und Roger ein in Zeitungspapier eingewickeltes Teil im Arm.

Am frühen Abend machen wir uns zu viert auf den Weg. Der Weg sei kurz, hatte Roger erklärt, die Nacht schön, wir gehen zu Fuß. Kein Problem mit dem Auto, der Polizei und dem „petit rouge". An langen Bänken sitzen die Menschen zusammen, es wird geschoben und gerutscht, bis alle Platz haben. Ab und zu steht einer der Männer auf und kehrt mit zwei Flaschen Wein zurück, die in die Mitte des Tisches gestellt werden. Roger bittet mich zum Tanz, wir drehen eine Runde, den Rest des Abends reserviert er für Alice.

Hervé und Roger sitzen nebeneinander, schubsen und schieben sich grinsend hin und her. Roger macht sein „Geschichten-erzähler-Gesicht", eigentlich ist es sein ganzer Körper, der einlädt, ihn zum Erzählen aufzufordern. Roger erzählt eine Geschichte, wie man einen geliebten alten Mantel anzieht. Er streckt erst den einen, dann den anderen Arm aus, um hineinzuschlüpfen, hebt rechts und links die Schultern, um den Mantel, die Geschichte, in die bequemste Stellung fallen zu lassen und lehnt sich dann mit einem genussvollen Seufzer hinein. „Hervé und ich," beginnt er, „wir waren noch ganz jung, da haben wir gewettet. Wir haben gewettet, dass wir uns das ganze Tal rauf- und runtertrinken könnten, am 14. Juli." Hervé strahlt stolz in Erinnerung an vergangene Leistungen. „Eh bien, angefangen haben wir natürlich hier, mit den Kumpels, die nächsten zwei Dörfer sind auch noch einige mitgegangen. Das war lustig. Überall, wo wir hinkamen, haben wir von der Wette erzählt und die Leute haben gelacht." - „Gekostet hat uns das keinen Sou", fällt Hervé ein. „Alle haben uns eingeladen!" - „Aber als wir morgens um drei in Combe-froide ankamen, war da alles dunkel und die schliefen alle schon." - „Manche unter den Bänken!", lacht Hervé. „Da haben wir uns auf den Rückweg gemacht, denn wir wussten ja, dass es ein Donnerwetter gibt, wenn wir zum Melken nicht da sind. " - „*Oh, das war schwierig und gar nicht mehr so lustig. Drei Stunden sind wir durch die Dunkelheit gestolpert. Und als wir dann in Bellefontaine ankommen...* " *Roger hebt die Hand, schließlich ist es seine Geschichte. „Da kommt uns doch Hervés Großmutter entgegen, auf dem Weg zur Frühmesse. Sie war immer die einzige, die am 15. Juli zur Frühmesse ging. "* - „*Nicht aus Liebe zu unserem Herrn Jesu* ", *wirft Hervé ein, „ aus Bosheit gegenüber dem Herrn Pfarrer, der dann auch so früh aufstehen musste. "* - „*Jedenfalls, "* nimmt *Roger den Faden der Erzählung wieder fest in seine Hände, „dreht sich dieses große Kamel hier um und trampelt hinter seiner Großmutter her. Und ich konnte ihn ja schließlich nicht allein lassen, hätte ja weiß Gott was passieren können. "* Ein *bisschen Geschubse und Gerangele. „Die Frühmesse haben wir natürlich verschlafen, auf der hinteren Bank, von der Großmutter haben wir dann zwei Ohrfeigen kassiert, für die Schnarcherei und dann sind wir hinter ihr her gedackelt nach Hause. Da stand schon Hervés Mutter mit dem Besen in der Hand und wartete auf uns. Lumpenpack und Gesindel hat sie uns genannt, pflichtvergessene Trunkenbolde und hat mit dem Besen nach uns geschlagen, bis die Großmutter ihr erklärt hat, dass wir aus der Frühmesse kämen. Danach war alles eitel Sonnenschein und wir zwei mustergültige junge Männer. Du, Hervé, ich glaube, das war das erste und letzte Mal, dass ich in der Frühmesse war!"* Seine *letzten Worte gehen unter in den Ahh- und Ohh-Rufen, mit denen die Menschen die ersten Feuerwerksgarben begrüßen.*

Was ist das für einer? Alice lächelt, wenn sie
ihn sieht. Mathieu hat ihr so viel von Prinzen
Céline
und Rittern erzählt, dass sie nun daran glaubt.
Von einem Königssohn, dem seine Mutter
nur alte Lumpen als Gewand gab und einen
schäbigen, plumpen Ackergaul als Streitross. Verlumpt ist er, der
da. Und der Gaul, auf dem er ankam, ist eine Tonne auf vier Beinen,
mit scheckigem, räudigem Fell. Halb verhungert waren sie alle beide.
Aber das Pferd sieht immer noch besser aus als er!
Er ist nichts und er hat nichts, nur eine Decke auf dem Hinterteil
des Gauls, noch nicht einmal einen Sattel! Seine Beine stehen rechts
und links ab, weil das so eine Tonne von einem Pferd ist. Er pfeift
und grinst vor sich hin, und dieser Riesengaul grinst auch. Beim
Brunnen hat er angehalten, das Pferd trinken lassen und Hélène
gefragt, ob wir Arbeit für ihn hätten. Und dann ist er geblieben.
Und hat Jean-Luc Alice gestohlen. Dieser Roger hat keinen Sou,
aber er hat diesen Riesengaul, Bijou. Und er will arbeiten. Als ob
es im Süden keine Arbeit gäbe. Als ob es im Süden keine Mädchen
gäbe. Sie ist doch noch ein Kind, Alice. Und sie darf Jean-Luc
nicht so schnell vergessen. Jean-Luc hat sie ja auch nicht vergessen,
auch wenn das Mädchen in dem grünen Haus...
Kann Gott sich irren? Kann er den da geschickt haben?
Und was ist dann mit Mathieu?

169

Katharina

Das Feuerwerk begleitet mich bis in meine Träume. Das Staccato der Lichtblitze wirkt ohne den Krach der Explosionen seltsam unwirklich. Es ist kein Traum, die blauweißen Licht-spiele, die die Zimmerdecke reflektiert, gehören zu einer Ambulanz. Im anbrechenden Tageslicht steht eine verlorene Gruppe Menschen im Hof, Alice und Roger, eng aneinander geschmiegt, daneben zwei Sanitäter, gelangweilt, ruhelos. Als wir aus der Tür treten, kommt aus dem alten Haus ein Mann, Docteur Dutrant. Er nickt erst Alice, dann den Sanitätern zu. Alice dreht sich zu Roger, ihre Schultern zittern. „Es tut mir so leid, Alice!", sagt der alte Freund. Alice nickt und zieht die Nase hoch. „Gestern Abend ging es ihm noch gut", sie schluckt, „und heute morgen ..." Der Arzt legt seinen Arm um sie. „Hast du alles vorbereitet?" Roger gibt dem Arzt einen Umschlag, der nickt, nimmt Alice'Hände. „Ich kümmere mich um alles." Die Sanitäter tragen eine Bahre aus dem Haus, Alice lässt Roger los, läuft hinüber und nimmt die Hände des Alten. Sie streichelt sie und flüstert ihm etwas zu. Der alte Mann reagiert nicht. Dann schieben die Sanitäter die Trage in die Ambulanz, Dr. Dutrant steigt in seinen Wagen und der kleine Konvoi setzt sich in Bewegung.

Alice spricht leise Mathieus Namen und es vergehen einige Sätze, bis ich wahrnehme, dass sie nicht mit ihm spricht. „Mathieu war der schönste Mann, den ich je gesehen hatte. Mathieu war so schön, so ernst, so anders als alle hier, alle außer Roger, aber das war viel später. Meine Tante Céline hat ihn gefunden in ihrer Scheune, damals, 1944, und ihn einfach behalten. Er war ihr Pfand, er war ihre Garantie, dass Jean-Luc aus Deutschland zurückkommen würde, heil und lebendig. Jean-Luc ist nie zurückgekommen und Mathieu ist nie zurück-gegangen nach Deutschland. Und jetzt ist er tot und ich werde nie wissen, wer er wirklich war. "Ich bin mir nicht sicher, alles richtig verstanden zu haben. Ich schaue zu Philipp, auch er wirkt verunsichert.

„Alice!", sagt Roger und nimmt sie in den Arm. Er ist so ernst, wie ich ihn noch nie vorhergesehen habe. Behutsam dreht er Alice um, doch sie entwindet sich seinen Griff. „Ich muss, Roger! Ich muss diese Geschichte endlich zu Ende erzählen." Sie schauen einander lange an, dann nickt Roger und bringt Alice ins Haus. Wir folgen seiner Kopfbewegung. Er bringt Alice zu dem alten Sessel, drückt sie sanft hinein und stellt sich schützend dahinter. Dann legt er Alice die Hände auf die Schultern. „Ich glaube, Alice, du hast Recht.", sagt er bedächtig.

„Sie wollten ihn erschießen," beginnt Alice mit leiser Stimme, „die Deutschen, Befehlsverweigerung heißt das wohl. Sie hatten ihn zusammengeschlagen. Und dann wollten sie ihn erschießen, im Steinbruch, im Wald. Aber der Kübelwagen hat einen Unfall gehabt und er ist herausgeschleudert worden. Und zwei Tage später hat ihn Céline in ihrer Scheune gefunden. Ich kannte ihn schon. Ach, Roger!" Sie wendet sich um, Roger nickt. Und Alice erzählt weiter, von einem Überfall auf ein Dorf, von den Granaten, von einem Soldaten, der sich seinem Offizier widersetzt und ein Kind aus einem brennenden Haus holt. Von ihrer Tante Céline, die Gott ein Versprechen abgerungen hat. Das ein anderer gehalten hat. Ich höre zu, voller widersprüchlicher Gefühle, auf der Zunge ein großes „Aber". Philipps Hand legt sich fest über meine und drückt zu. Und Alice erzählt weiter. „Célines Sohn ist nie zurückgekommen. Mein Onkel Jules wusste, dass die Engländer den Viehtreck bombardiert haben, um den deutschen Nachschub zu stören. Es gab keine Überlebende, Mensch oder Tier. Aber meine Mutter hat ihm verboten, darüber zu sprechen. Sie hatte Angst um Céline. Céline wurde immer wunderlicher. Sie erfand

Geschichten über Jean-Luc. Sie erfand ihm eine Familie in Deutschland und tausend Gründe, weshalb er nicht zurückkommen konnte.
Und Mathieu blieb. Er hat mir geholfen, als ich von Echerans zurückgekommen bin. Er hat mich getröstet, als wir von Jean-Lucs Tod erfuhren. Er hat mir Märchen und Geschichten erzählt, von Musik und von Bildern. Von sich selbst hat er nie erzählt. Nur einmal, da sagte er, Deutschland sei sein Vaterland und er hasse seinen Vater." Alice sucht in ihrer Schürze nach einem Taschentuch. „Und dann kam Roger." Die beiden lächeln sich zu, Alice sucht Rogers Hand und hält sie fest. „Mathieu hatte mir so viel von Prinzen und Rittern erzählt, von Parzifal, dem Königssohn, dem seine Mutter nur alte Lumpen und einen schäbigen, plumpen Ackergaul gab. Und genauso sah er aus, Roger, mein Prinz in Lumpen. Halb verhungert wart ihr alle beide. Aber das Pferd sah immer noch besser aus als du!" Roger macht eine spöttische Verbeugung. „Roger hatte keinen Sou, aber er hatte Bijou. Und er wollte arbeiten. Zuerst wollte er bleiben, bis die Ernte eingebracht war. Dann wollte er bleiben, bis das Holz eingefahren war. Dann wollte er die Frühjahrsbestellung noch mitmachen und als ich sechzehn wurde, haben wir geheiratet. Roger ist der freundlichste und gütigste Mann, den ich kenne." Ihre Stimme bricht ab. „Roger hat Mathieu einfach akzeptiert. Mathieu war sonderbar. Aber sonderbar war Céline auch, sie wurde von Tag zu Tag seltsamer. Die alte Juliette im Nachbarhof ist gestorben. Zwei Tage nach der Beerdigung hatten die Kinder das Vieh verkauft und sind weggezogen. Dann sind die Leute aus den Talhöfen weggegangen. Der eine Hof ist zerfallen, den anderen haben Fremde gekauft. Die hatten wenig mit uns zu tun. Und Mathieu und Roger, woher die kamen, das interessierte die nicht. Tante Céline ist immer verrückter geworden. Erst hat sie versucht Gott zu überlisten, indem sie Mathieu nach Deutschland zurückschickte. Mathieu wollte nicht gehen. Wirklich, es

ist wahr. Er wollte nichts mehr mit Deutschland zu tun haben. Er wollte nicht mehr Deutsch sprechen, er hatte es geschworen. Meine Muttersprache, sagte er, das ist die Sprache, in der der Befehl gegeben wird, Mütter und Kinder zu töten. Deshalb hatte er so Angst vor Ihnen!" Alice hält inne, den Blick auf den Händen im Schoß. „Er hatte Angst, dass er auf Deutsch antworten könnte. Dass er sein Versprechen brechen könnte. Wir kannten Sie doch nicht, wir wussten doch überhaupt nichts von Ihnen." Dieser Blick ist fast nicht auszuhalten. Philipp nimmt ihre Hände. Alice übergeht ihn. „Ich weiß nicht mehr, wie wir Céline überredet haben. Aber dann kam ihre nächste Idee. Sie hat sich eingeredet, dass Jean-Luc zurückgekommen sei. Er war die ganze Zeit da, nur sie war nicht fähig ihn zu erkennen. Gott hatte ein Wunder bewirkt und Jean-Luc zu ihr zurückgeschickt - in der Gestalt von Mathieu." Roger seufzt und Philipp richtet sich auf. „Und als Beweis zeigte sie uns Jean-Lucs Geburtsurkunde." Alice blickt auf, das Kinn herausfordernd nach vorne gereckt. Gleichzeitig fühlt sie sich so verunsichert, dass sie sich schutzsuchend nach Roger umschaut. Philipp versteht sofort. „Und diese Geburts- urkunde ist nun unterwegs in einer Ambulanz." Alice nickt unter Tränen. „In ein kleines Krankenhaus, wo Dr. Dutrant beim Eintreffen leider den Tod seines Patienten feststellen muss. Und wo ein bekannter Arzt sicher keine Schwierigkeiten hat, den Tod eines Patienten zu deklarieren." Sie ist kaum zu verstehen unter den Schluchzern. „Ich habe mir nicht anders zu helfen gewusst! Er hat doch keine Papiere, nichts! Sie hätten ihn mir weggenommen. Vielleicht hätten sie ihn sogar zurückgebracht. Ich will ihn doch nur hier begraben. Das ist doch nichts Böses. Wir hatten alles geplant, nach Célines Tod. Und dann kamen Sie, und ich hatte solche Angst. Und Mathieu auch. Ich will doch nichts Böses. Ich will ihn doch nur hier begraben."

Die Männer schauen sich hilflos an. Ich weiß nicht so ganz genau, weshalb ich weine, aber es tut gut.

Mathieu kehrt nach Bellefontaine zurück. Im Wagen eines Bestattungsunternehmens aus der Nachbarstadt. Diesmal hat er Papiere, mehrere Kopien des acte de décès, ausgestellt auf den Namen Jean-Luc Dupenloup. Roger brüskiert den Bestattungsunternehmer mit seiner Weigerung auch nur einen Fuß in eine Kirche zu setzen. „Nicht solange ich nüchtern bin!"
So stehen wir etwas verloren auf dem Friedhof. Die Angestellten halten respektvollen Abstand, aber selbst über diese Distanz spürt man ihre Ungeduld. Alice bewegt unaufhörlich ihre Lippen, als müsste sie jetzt noch alles loswerden, was sie ihm nie gesagt hat. Keiner fühlt sich befugt etwas zu sagen, so nickt Roger schließlich den Männern zu. Mit professioneller Ruhe und Würde senken sie den Sarg ab und reichen uns nacheinander ein kleines Blumengebinde und die Schaufel. Leicht verwirrt kondolieren sie jedem von uns, räumen dann diskret ihr Material und die viel zu zahlreich bereit gestellten Sträußchen ein und verabschieden sich. Der Gemeindearbeiter kommt mit der Schaufel durch das Tor, lehnt sich gegen die Mauer und wartet. Roger nimmt Alice beim Arm und führt sie vom Grab weg. Dann lässt er sie plötzlich stehen und kehrt an mir vorbei zur Grube zurück. Sein Flüstern trägt weit in der Stille. „Eh, Mathieu, nicht vergessen. Sonntagabend komme ich auf ein Glas Wein!"
In Bellefontaine versucht Roger - so taktvoll wie möglich - uns zu erklären, dass sie keine Totenfeier vorgesehen haben und nun eigentlich am liebsten allein sein würden. Wir versuchen - ebenfalls so taktvoll wie möglich - klarzustellen, dass wir sie zwar ungern allein lassen, aber eigentlich schon seit Tagen zu Hause erwartet werden. Als uns klar wird, das wir das Gleiche wollen, folgt der Erleichterung verlegene Befangenheit. Ich

umarme Roger, wir halten uns länger als sonst. Dann schließe ich Alice in die Arme. Alice schaut mir lange in die Augen. „Und Sie haben wirklich nichts davon geahnt?" Ich schäme mich, meine Unwissenheit ist mir peinlich. „Über diese Gegend hier habe ich nie etwas gelesen." - „Da braucht man nicht zu lesen", sagt Alice mit einer plötzlichen Schärfe im Ton. „Da reicht es, wenn man die Augen auf macht!" Und sie zeigt auf den Brunnen mit der abblätternden Inschrift "Kein Trinkwasser". Den Brunnen, an dem ich im Laufe der letzten Monate Hunderte von Malen vorbeigegangen bin. Und wieder schlägt mein Denken diesen Doppelsalto. Sagt mir, dass dort „Kein Trinkwasser" steht, „Eau non potable". Schlägt ihn wieder so schnell, dass ich erst jetzt erkenne, dass ich nie übersetzt, dass ich immer gelesen habe.

Unsere Befangenheit zerstört die Stimmung des Abschiedes, keiner spricht ein Wort. Ich denke an Gastfreundschaft und Naivität, Schuld und Gedankenlosigkeit. Schließlich räuspert Roger sich, geht um unseren Wagen herum und öffnet mir die Tür. Alice kehrt ins Haus zurück. Philipp hat schon die Handbremse gelöst, da kommt sie zurück, tritt rasch an mein Fenster und reicht mir einen Briefumschlag. Dann beugt sie sich durch das Fenster, drückt mich überraschend und heftig und flüstert: „Es ist alles schon so lange her."

Philipp fährt langsam, gibt dem Tal noch einmal Gelegenheit sich uns einzuprägen. Hinter Grelley öffne ich den Umschlag. Ein großes Schreibheft gleitet heraus, der Einband verblasst, mit Wasserflecken, einige Seiten wellig aufgeworfen. „Céline Dupenloup" steht in schwarzer Schönschrift auf dem Etikett. Lange Zeit lasse ich meine Hand auf dem Einband ruhen. Dann schlage ich die erste Seite auf und beginne zu lesen.